光文社文庫

文庫書下ろし

平家谷殺人事件

浅見光彦シリーズ番外

和久井清水

光　文　社

この作品は光文社文庫のために書下ろされました。

目次

第一章　煉瓦《レンガ》街の下宿人

1

　鉄道馬車の走る音で目が覚めた。お馴染みの警笛と鈴の音《ね》が聞こえる。

　浅見元彦《あさみもとひこ》は寝台《ベッド》の上で外の喧騒《けんそう》に耳を澄ました。隣の葛籠《つづら》屋で買い物をする客の賑やかな声が聞こえる。車夫の「あらよっ」という威勢のいい掛け声とともに人力車が走り出した。窓の下をガラガラと大きな音を立てて通り過ぎる。

　浅見は寝台から飛び起きて大きな掃き出し窓を開けた。

　思ったとおりいい天気だ。

　露台《バルコン》に出て、五月の爽やかな空気を胸一杯に吸い込む。

　下宿は銀座の煉瓦街にある。浅見の部屋は二階の東側だ。

表通りから路地に入って二軒目なので、窓から銀座通りは見えないが、その賑わいは十分に伝わってくる。二階建ての家がどこまでも続いているが、京屋時計店の時計塔だけが、にょっきりと頭を出していた。

明治五年の大火で焼けた銀座は、不燃都市を目指して西洋長屋と呼ばれる煉瓦の住宅が建設された。初めは、「煉瓦の家に住むと、青ぶくれになって死ぬ」という噂が立ち、不人気だったという。しかし、今や東京第一の名所と呼ばれ、観光客までやって来るようになった。

倫敦《ロンドン》を模して作られたというこの街はいつも華やかで、歩く人々はみな幸福そうだ。そして夜ともなれば瓦斯燈《ガスとう》が灯るのだ。異国の地のような別の顔を見せる銀座を、浅見はとても気に入っていた。

街に挨拶をするように両手を広げ伸びをした。

それから、今日は特にやることがないのを思い出し、のろのろと寝台に戻った。

部屋は十二畳ほどの洋室で寝台と机《デスク》、本棚があり、中央にはお茶を飲むための小さな円卓と椅子が二脚置いてある。

壁の中央には白い装飾タイルの暖炉があり、ドアの脇に屋根裏部屋に登るための梯子《はしご》が掛けられていた。浅見はここを、いずれ書庫にしようと思っている。

寝台にもう一度横になり、今日一日をどうやって過ごそうか、と頭の後ろで手を組み考えた。

千駄木《せんだぎ》の実家を出てから三か月になる。本来なら代言人《だいげんにん》（弁護士）になってバリバリ働いているはずなのだ。しかし、まったく予想外なことに試験に落ちてしまった。実家の兄は戻って来い、と言ってくれる。しかし無職の自分が戻ってどうする。せっかく自立したというのに、試験に落ちてすごすごと実家に帰り、また兄の世話になるなんて、そんなみっともないことはできない。

ドアがいきなり音を立てて開いた。

「坊っちゃま、いつまで寝ているんですか？　朝食の前にお勉強をなさったらいかがですか？」

不出来な息子を叱るような口調で言うのは、下宿の主人の一人娘、おスミである。今年、十七になる。しっかり者だと近所でも評判だ。七つも年下のおスミに、浅見はいつもお小言を頂戴するのだ。黒襟を掛けた縞木綿に昼夜帯という実に飾り気のない実用一辺倒の着物に、髪ももちろん若い娘に流行の束髪ではなく、ごく一般的な桃割れだ。それでも髪は豊かでツヤツヤとしている。

「今日はお天気もいいですから、頑張ってください」

試験勉強に天気は関係ないと思うが、黙っている。試験の話はできるだけ避けるようにしている。なぜなら、もう代言人になるつもりはないからだ。

試験に落ちてようやくわかったのだが、自分はそれほど代言人になりたかったわけではなかったのだ。試験に落ちても悔しさはなく、むしろ代言人にならなくて済んでほっとしたのだった。

真の「自立」に向けてなんらかの仕事につかなければならないが、自分がどんな仕事に向いているのか、なにをやりたいのか、今のところまったくわかっていない。

「どいてください。敷布《シーツ》を洗いますから」

おスミは部屋の中にずかずかと入って来て、布団に手を掛けた。

浅見は胸のところまで布団を引き上げて、慌てて言った。

「洗濯は自分でするからいいよ」

「だめです。母に言われているんです。坊っちゃまの分も洗うようにって」

そう言うと掛け布団を勢いよく引き剝がした。

「わ」

慌てて寝間着の前を掻《か》き合わせる。

「その寝間着もついでに洗います」

浅見の着ている蚊絣《かがすり》の寝間着をはぎ取ろうとするので、それだけは勘弁してもらった。おスミが忙《せわ》しげに部屋を出て行くと、浅見はフランネルのズボンと木綿のシャツに着替えて、鏡の前で髪をなでつけた。

浅見が代言人になるために東京法学院に通い出してからは、いつも洋装だった。兄の陽《よう》山《ざん》は、仕事へは背広をビシリと決めて出掛けるが、家では和服に着替えるのが常だ。家でもシャツとズボンで過ごす弟に、「それで寛げるのか？」と、そんなふうに言って陽山は笑った。

浅見は鏡で純白のシャツの襟を直した。昨日まではシャツもフランネルだったが、今日は暑くなりそうなので木綿にしたのだ。おスミが丁寧に炭火アイロンをかけてくれたので、しわ一つなく気持ちがいい。おスミは母親に「坊っちゃまを甘やかしてはだめよ」などと意見をしたりするが、おスミもけっこう浅見を「甘やかして」くれるのだった。

一階に下り、顔を洗って居間に入った。そこは広々とした洋間になっている。真ん中に置かれた大きな洋卓《テーブル》には、浅見の食事が用意してあった。

洋卓のそばにはお雪《ゆき》が立っていた。この下宿の女主人である。お雪はうやうやしく頭を下げた。ふくよかな体に唐桟縞の着物を上品に着こなしている。きれいに結い上げた丸髷《まるまげ》には、まるで娘のような赤い珊瑚の簪《かんざし》を挿していた。

「坊っちゃま、おはようございます」

浅見の足音を聞きつけて、わざわざ自室から出てきたようだ。前時代的な言葉遣いと態度だが、微笑みには親愛の情がこもっている。色白でふくよかなお雪は、優しげな顔をしている。浅見は慈母のようなお雪を実の母のように思っていた。

お雪は若い頃、浅見の実家で女中をしていた。浅見を産むと同時に死んでしまった母の代わりに、六年間、浅見を育ててくれたのだ。それで浅見のことを「坊っちゃま」と呼ぶのだ。浅見家には世話になったと言うのが口癖で、今でも浅見家を主家と仰ぎ、浅見を我が子のように可愛がってくれる。しかし世話になったのは、こちらのほうなのだが。

浅見が席に着くと、お雪はご飯をよそい、鍋から味噌汁をよそってくれた。

「ありがとう」

豆腐の味噌汁は温かかった。浅見が起きるのに合わせて温め直してくれたようだ。

窓から差し込む朝日に、小さな埃がキラキラと光っている。部屋の中は、外国航路の船長であるお雪の夫の好みの内装になっているらしい。壁際には暖炉があり、その前には安楽椅子が二脚置いてある。床は渋い臙脂《えんじ》色をした複雑な柄の絨毯敷きで、白い漆喰の壁が、窓枠や洋卓の深いマホガニー色を引き立てていた。

お雪は自分の湯飲み茶碗を持ってきて、浅見の向かい側に座った。ここに下宿した当初は、給仕のためにそばに控えて立っていたのだが、せめて座ってくれと浅見が頼んだのだ。

浅見が東京法学院を卒業し代言人の試験を受けた日、お雪は浅見と陽山に言ったのだった。

『主人は仕事柄、家にほとんどいません。女所帯ではなにかと不用心ですから、坊っちゃまがここに下宿してくださるとありがたいのですが』

下宿代はいらないと言い張るお雪に、せめて食費だけは取ってくれ、と払うことになった。もちろんそれは浅見が代言人として働いた給料で払うつもりだったのだ。

しかし……。

兄、陽山は試験というものに落ちたことがない。それで弟も当然受かるものと信じて疑わなかった。浅見もそんな兄の考えに影響されたのか、その時は間違いなく受かるものと思っていた。それで早々にお雪の家に居を移していたのだった。

「坊っちゃまが代言人の試験に落第なさったので、千駄木の御屋敷にお帰りになってしまうかと心配しましたわ」

「兄は帰ってこいと言うのです」

浅見は大根と油揚げの煮物を口に入れた。味が沁《し》みてたいそう美味い。

お雪は非常に料理が上手い。娘のおスミも母親に似て、たいそうまめである上に料理上手だった。

「ここで試験のお勉強を続けるのですよね」

お雪は懇願するような顔で言う。

「それが、別の仕事を探そうかとも考えています」

なぜかお雪には嘘がつけない。

「まあ」

驚きの顔のあとに、きっと小言をくらうことになるのだろう、と覚悟を決めていた。男子が一度志した道を簡単に諦めてはいけない、などと言われるかもしれない。しかしお雪の口から出てきた言葉は意外なものだった。

「ご立派ですわ。ご自分の将来のことを、ちゃんと考えておいでなんですね。それでどんなお仕事をなさるつもりなんですか？」

「まだ決めていません。自分になにが合っているのか、よくわからないのです」

「坊っちゃまでしたら、どんなお仕事だってできますよ。だって、頭がよくて誠実で優しくて、それに役者にしたいくらいの美男子なんですもの。坊っちゃまにできないお仕事なんてありませんわよ」

「いやあ」

浅見は照れて頭を掻いた。

お雪は人を褒めるのがうまい。同じことを別の人が言えば、へたをすると嫌味に聞こえるかもしれない。なにせ浅見は背が高いばかりで、ひょろひょろと手足は細く、胸板も薄い。髪は赤茶けた猫っ毛で、顔は色白の女顔ときている。どこにも男らしい逞《たくま》しさがないのだ。頭脳は兄に及ばず、誠実で優しいというのも、実はうじうじと小さなことをいつまでも考える癖があって、いろいろ考えているうちに無難な言動をするだけのことだった。では誠実ではないかといえば、そうではなく、浅見にとってはそれがその時の自分に正直な気持ちなのだった。

ちょうど洗濯物を抱えたおスミが通りかかり、浅見と目が合った。おスミの目は冷ややかで、「呆れた」というように口が半開きになったまま向こうへ行ってしまった。

浅見は咳払いをして、「なにか人の役に立つような仕事をしたいと考えています」とおスミにも聞こえるように大きな声で言った。

「ご立派ですわ。今の言葉を亡き奥様がお聞きになったら、どんなにお喜びになるでしょう」

お雪は涙ぐまんばかりにしみじみと言う。

こんなふうに手放しで浅見を褒め、信頼を寄せてくれるお雪の期待に、なんとしても応えようという気になるから不思議だ。

お雪は越後の出身で、家は小規模な農家だったらしい。若い頃、というよりも幼い頃に、浅見の母の実家へ奉公に出されたのだ。

浅見の母、時子《ときこ》が浅見家に嫁入りする時に、お雪は一緒について来たのだった。それほど時子もお雪に信を置いていた、ということだろう。

時子の実家というのは、摂津《せっつ》にある一万石の大名家、麻山《あさやま》藩の当主だった。時子は藩主、青木重典《あおきしげのり》の三女なのだ。

両親が出会ったのは、浦賀《うらが》に黒船が来航した年だと聞いている。江戸の藩邸で生活をしていた時子が、どういう経緯で江戸勤番の長州藩士だった父と出会い、恋に落ちたのか、父も母も多くは語らなかったという。ただ、「黒船来航のどさくさで」とめったに冗談など言わない父が言ったそうだ。

維新後、青木家は男爵となり、父は内務官僚となった。現代でも珍しい、しかも身分違いの恋愛結婚を、あの時代にやってのけた父に詳しく訊いておかなかったことを、浅見はとても後悔している。父は三年前に胃がんで亡くなってしまったのだ。

玄関のドアが開いた。

「グッドモーニング」

明るく能天気な声は友人の内田紫堂《うちだしどう》だ。白地に井桁《いげた》の柄の絣、小倉袴《こくらばかま》に高下駄という
いつもの格好だった。普段から洋服の浅見に対して、紫堂は和服で通していた。

紫堂は帝国大学文学部に籍を置いている秀才だが、一見してそうは見えないところが、
この男の不思議な魅力になっている。

「よう、おはよう」

浅見は片手を上げて挨拶した。

お雪も「おはようございます」と丁寧に頭を下げる。

「お、朝飯か。美味そうだな」

「召し上がりますか？」

「いやあ、ありがたい。ここの飯は美味いからなあ」

ちょうど通りかかったおスミが、「そんなこと言って、いつも食べに来られては困ります」と厳しい顔をする。

おスミがそう言うのも、実は無理もないのだ。紫堂の下宿は湯島《ゆしま》なのだが、なにかと理由をつけて、たびたびここに食事をしに来るのだった。

「紫堂さんからは、食費をいただかなきゃなりません」

「えっ、そんな」

紫堂は哀れを誘うような声を出した。

おスミは、くすりと笑って行ってしまったが、お雪は紫堂を慰めるように優しく言う。

「いいんですよ。坊っちゃまのお友達ですから、遠慮なさらずに」

「いやあ、お雪さんは観音様ですよ」

紫堂がふざけて手を合わせる。お雪はほんとうに観音様のような顔で、「ふふふ」と笑った。

「そんなにこの下宿が気に入っているのなら、ここに引っ越して来たらどうだ」

食後のお茶を一口飲んで浅見は言った。

「そうだな。それはいい考えだな」

おスミが盆に紫堂の朝食を載せて戻ってきた。

「ご飯は自分でよそうんですよ」と、まるで子供を諭すようだ。

「ありがとう、おスミちゃん。やっぱりおスミちゃんは、俺に気があるんだろう？」

「ありません。なに言ってるんですか」

おスミは真っ赤になって、足音高く居間を出て行った。

「紫堂さん、からかわないでくださいね。あの子はあれでとても純情なんです」

優しい口調だが、娘を思う真情が籠もっている。紫堂も思わず「すみません」と謝った。

2

「なあ、浅見。おまえ暇だろう」

お雪がいなくなると、紫堂は突然、そんなことを言った。

浅見は、ぐっと言葉に詰まった。実際、暇ではあるが、こうも遠慮なく言われると少々かちんとくる。それで、ちょっと見栄を張ってしまった。

「いや、きみが思うほど暇でもない」

「そうか、それは残念だな」

あっさり引き下がって大根を頬張る。そうなると紫堂がなにを言おうとしたのか気になる。

「暇ではないのだが、話を聞くぐらいの暇はある。言ってみろよ」

紫堂は懐から封筒を取り出した。紫堂の友人、亀井新九郎《かめいしんくろう》から届いたものだという。亀井は今、高知《こうち》にいるのだが、「遊びに来ないか」という手紙に妙なことが付け加えてあったらしい。

「ちょっとした謎解きを手伝ってくれないか、というんだ」

と、手紙をひらひらさせる。

「謎解き？　なんだいそれは」

「わからん。『友達の探偵くんをぜひ連れてきてくれ』と書いてある。うまくいったら二人分の旅費は十分に出るそうだ」

「友達の探偵？　僕のことなのか？」

紫堂はニヤニヤと笑っている。

紫堂の実家は江戸時代から続く信州の名家だ。去年の夏、当主である父親が息子に会うために東京にやって来た。そのおり西洋料理店で食事をしたのだが、ちょっとした隙に折《おり》鞄《かばん》を盗まれてしまった。

たまたま食事をしに来ていた浅見は、挙動不審な人物がいることに気が付いていた。男の風体から駅前にいた新聞売りが盗人《ぬすっと》だと目星を付けて、無事に鞄を取り戻してやった、という出来事があった。

紫堂の父親はいたく感激して、浅見を探偵のようだと絶賛したのだった。

そんなことが縁で紫堂とも知り合いになり、どういうわけか非常に気が合い、一年足らずですっかり親密になった。

紫堂はその時のことを思い出しては、浅見のことを「探偵」などと言ってからかうのだが、まさか友人にまで話しているとは思わなかった。

「旅費が出るとは言っても、高知へ行くまでのお金を僕は持っていないよ」

つい情けない声が出る。見知らぬ土地へ行ってみたいが、ちゃんとした仕事についていない今は無理というものだ。

「心配するな。もう親父に借りる約束をしてある。浅見が探偵の仕事を依頼されたので、俺がついて行くことになった。ついては二人分の旅費を貸して欲しい、ってね」

「しかしどうして紫堂がついて行くんだ、と言われなかったのか？」

「言われる前に説明しておいた」と胸を張る。

亀井の手紙には、「小説のネタになりそうだぞ」と付け加えてあったという。高知での体験を小説にするつもりだと言われれば、父親が反対できないのを知っているのだ。

紫堂は文士になるつもりだと公言していた。密かにライバル視しているのは、同期の尾《お》崎《ざき》徳《とく》太《た》郎《ろう》という人だ。彼は在学中から読売新聞社に入社し、尾崎紅《こう》葉《よう》という筆名で話題作を次々と発表していた。

一昨年に尾崎が大学を退学した時には、自分も辞めると言って大騒ぎをしたらしい。らしいというのは、浅見はまだその頃は紫堂と知り合いではなかったのだ。その話は紫堂の父親から聞いたのだった。

大学を辞める辞めないで大騒ぎをした紫堂だったが、最後には父親の泣き落としに負けて、卒業することを誓わされた。ただし小説を書くことを優先させていいという約束を取り付けたのだ。

紫堂は、いい小説が書けないのは、学校なんぞに通って無駄な時間を過ごしているからだ、と常々文句を言っている。だが小説が書けないのは大学に通っているせいではなく、ひとえに書いていないからだと浅見は思う。これまで一度も紫堂の書いた小説を読ませてもらったことのない身としては、そう思うよりほかはない。

なんにせよ紫堂の前では、尾崎紅葉の名前は禁句だった。

「妙なんだよな。手紙の裏書きには『緒智《おち》村福本《ふくもと》質店方』と書いてある。亀井さんの実家は高知だと聞いていたが、こういう名前の村じゃなかった気がする。それに福本質店ってなんなんだ」

「亀井さんの実家はどこなんだ?」

「それが思い出せないんだ。なんとかという村で農業をやっている、と聞いたのだが」

亀井は下宿が同じであり、大学も学部は違うが同じ帝国大学なのだ。それで自然に親しくなったのだという。亀井の家はそれほど裕福ではなかったのだが、あまりにも優秀だったために、村長をはじめとする村の人々がお金を出し合い、学費の援助をしてくれたのだそうだ。本当は文学部の史学科に入りたかったのだが、大学で勉強して農地の改良をして欲しいという村人の総意で、農学部に入学したのだった。

「謎解きってなんだろうな。気になるよな。行かない手はないだろう」

たしかにそうだ。試験に落ちて鬱々としていたうえに暇を持て余しているのだから、旅費の心配がないのなら断る理由はない。

浅見が高知行きに同意すると、紫堂は「やった」と声をあげ、がっちりと肩を組んできたのだった。

3

明日は高知に向けて発《た》つという日、浅見は兄のところに行くつもりで支度をしていた。しばらく東京を離れるので、その報告をするのだ。

外出用の背広に着替え一階に下りると、ちょうど紫堂が入ってきた。風呂敷包みを背負い、今すぐにでも旅行に行くような格好だ。もっとも紫堂は、どんな時もいつもの井桁絣の着物に小倉袴、高下駄という出で立ちだが、今日は青いソフト帽を被っている。多分冬物だろうが、紫堂はそんなことを気にする男ではない。夏も冬もたいてい同じ格好で通している。

「出発は今日ではなかったはずだが」

「うん。ここのほうが新橋停車場《しんばしステイション》に近くて便利だからな。今夜はここに泊めてもらうつもりだ」

思わず紫堂の顔を見た。少しの遠慮もなく言ってのける態度は、むしろすがすがしささえ覚える。

「お雪さんには言ってあるのかい？」

お雪は買い物に行くと言っていたし、おスミも友達のところへ行っているはずだ。了解は得ていないだろうと思ったら、やはりそうだった。

「あとで言う。俺はこれからちょっと行くところがあるのだ」

居間の鏡を覗き込んでボサボサの髪の毛をなでつけている。浅見はピンときて、「お葉《よう》さんのところに行くのだな」と言うと、図星だったらしくニヤリと笑った。

お葉は最近懇意になった新橋の芸者なのだ。二人きりでしばしの別れを惜しむつもりなのだろう。停車場に近いからというだけでなく、お葉と逢い引きをする場所にも近いので、この下宿に泊まることにしたに違いない。

二人揃って下宿を出て少し行くと、突然紫堂が大声を上げた。

「しまった。忘れていた。亀井さんに頼まれていたものを持ってくるんだった」

亀井の手紙には、下宿の部屋にある本を持ってきて欲しいと書いてあったという。

「これから取りに行けばいいじゃないか」

「だめだ。お葉との約束に遅れる」

お葉と会ったあとで行けばいい、などと野暮なことは言うつもりもないので黙っていた。

すると紫堂はこちらを見て、嫌な愛想笑いをする。

「頼む。取ってきてくれ。本のタイトルはこれに書いてある」

と言って、亀井の手紙を押しつけてよこした。

文句を言う暇もなく、紫堂は薬屋の角を曲がって行ってしまった。

本人の許しもなく手紙を人に渡してしまうとは、いくらなんでもひどい話だ。

浅見はため息をつきつつ、手紙の皺を伸ばして胸のポケットに仕舞った。

4

鉄道馬車で上野まで行き、そこから千駄木の団子坂《だんござか》へ向かう。ほんの二十分ほどの距離だ。団子坂下には浅見が子供の頃からのなじみの団子屋、鶴岡家《つるおかや》がある。ここの団子は亡き母、時子の好物だったという。「奥様はお団子のような庶民的なものも召し上がったのですよ」とお雪が教えてくれた。お雪はいつも母の思い出を繰り返し話してくれるので、写真でしか知らない母だがよく知っているような気になることがある。

串団子を数本買い、坂道を上る。上りきったところに浅見家がある。

瓦葺きの門を抜けて御影石の敷石を玄関に向かって歩いていたが、ふと思い立って庭のほうへ回った。

やはり兄は書斎で書き物をしていた。休日とあって和服のくつろいだ姿である。兄、陽山は東京大学の法学部を優秀な成績で卒業し、現在は内務省警保局長だ。浅見の十四歳年上で現在三十八歳である。兄の年でこの地位に就くことは普通はない。異例の抜擢《ばってき》だったと聞いている。

兄は子供の頃から人並みはずれた頭脳の持ち主だった。それだけではなく品行方正で、生まれながらにして徳が備わっているような、非の打ち所のない人物だ。同時に冷徹なまでの理性も持ち合わせており、物事の是非、優先順位を間違えることがなかった。そんな兄だからこそ全国の警察を統括する仕事を任されたのだろう。

浅見はこの出来すぎた兄のことが誇らしくもあり、多少は煙たくもあるという複雑な感情を持っている。

優秀な兄を持って普通ならいじけてしまいそうなものだが、お雪がいつも『坊っちゃまは、素晴らしいかたです』と励ましてくれるので、どうにかグレずに生きている。

「よう、珍しいな」

「ご無沙汰してます。義姉《ねえ》さんと陽祐《ようすけ》くんは元気ですか？」

「ああ、元気だ。二人とも実家に遊びに行っている」

「そうですか」

陽祐は長男で、去年生まれたばかりだ。会うのを楽しみにしてきたので少々がっかりした。

「お雪さんとおスミちゃんも変わりはないかい？」

「ええ、元気ですよ。兄さんによろしくって言ってました」

兄にとってもお雪は母親代わりであったし、おスミは妹のような存在だったはずだ。浅見の父のはからいで外国航路の船員、松田孝之助《まつだこうのすけ》と結婚し、所帯を持ったがお雪はたびたびこの家に顔を見せに来てくれていた。おスミが生まれてからは、おスミも連れてくるのでよく一緒に遊んだものだ。

松田は出世して船長になり、お雪は何不自由ない生活ができて浅見家には足を向けて寝られないと、ことあるごとに言うのだった。

「明日から少しのあいだ、東京を離れます。紫堂と一緒に高知に行くのです」

「高知？　それはまたどうして」

浅見は高知に行くことになった経緯を簡単に話した。

「紫堂くんのお父上に旅費を借りるのか。申し訳ないな。元彦の分は私が出してあげよう」

浅見が紫堂の父親の折鞄を、盗人から取り返した時、その場に陽山もいたので顔見知りなのだ。紫堂の父親が大変な金持ちだということも知っている。それでも東京と高知を往復すれば、汽車賃と船賃だけで少なくとも十円は掛かるだろう。十円といえば小学校の訓《くん》導《どう》の月給がそのくらいだ。

借りても返すあてがないのを知っているから言うのだろうが、兄に出してもらう、というのは浅見には耐えがたいことだった。なんとか自立して、一人前になろうとしていた矢先に試験に落ち、浅見が払うはずの食費は陽山に出してもらっている。その上物見遊山に出掛ける金を援助してもらうなど、自分が救いようのない無為徒食の身であることを、それが事実であるだけに思い知らされ、いたたまれない気持ちになるのだ。

「いえ、あのう……。実は紫堂の友人から、内密に依頼を受けているのです」

浅見は少々うろたえながら、謎解きを依頼されたのだと言った。

「うまくいけば大金が入りますので、紫堂のお父さんには返せると思うのです。まあ、うまくいけばの話ですが」

「ははは」と笑った声がひっくり返った。

「謎解き？　いったいそれはなんだね」

「詳しいことは手紙には書いていなかったのです。知っていたとしても、たとえ兄さんでも言えません。依頼主の秘密を守らなければなりませんから」

兄は片頰で笑って、「ほう」などと興味深げに相づちを打つ。

「それじゃあ、いよいよ本職の探偵になったという事かな。まあ、気をつけて行ってこい」

「あ、そうだ。団子を買ってきました」

はやくこの話を終わらせたくて、鶴岡家の団子を差し出した。

「ありがとう」

兄は甘い物はあまり食べないのだが、この店の団子だけは喜んで食べる。女中にお茶を持ってくるように言い、「茶の間で食べるか？」と訊いた。

「いえ、ここでいいです」

庭を見ていたかった。夏椿《ナツツバキ》のつぼみはまだ固いが、その足もとで石竹《セキチク》が可憐な花を咲かせている。花の終わった白木蓮《ハクモクレン》が青々とした葉をつけていた。下宿のある銀座も好きだが、この家と庭も浅見は好きだった。特に書斎から見る庭は見ていて飽きることがない。陽山も仕事の手を休めて、庭を見ながら団子を食べている。きっと母のことを思い出しているのだ。こんな時、浅見は兄をとても羨《うらや》ましく思う。兄には母の記憶があるのだから。

「鶴岡家さんが店を閉めるかもしれない、と言ってましたよ」

団子を包んでくれたおばさんが、寂しそうにそう言ったのだ。

「それはまた、どうして」

「なんでも叔父にあたる人が、滝野川村《たきのがわ》で一人で住んでいるそうなのですが、体の具合がよくないとかで、一家で引っ越すかもしれないと」

「そうか、それは寂しくなるな」

「家は平塚《ひらつか》神社のそばだと言っていました。神社のそばならお参りに来る人を相手にまた団子屋をやるかもしれませんね」

「ふむ、しかし鶴岡家さんがなくなったら、そこの坂は団子坂ではなくなるのか」

陽山にしては珍しく、おかしなことを言う。それほど鶴岡家がなくなるのが残念なのだろう。

「団子坂は団子坂のままではありませんか。たぶん」

「うちも滝野川村に引っ越すか。電車が開通する計画もあるしな」

滝野川村まで電車が通るはずもなく、冗談に違いないのだが、陽山は真面目な顔で言った。

「東京の街を電車が走りますか。それは便利になりますね」

夏を思わせる青空にちぎれ雲が二つ三つ浮かんでいる。庭木の緑が目に染みるほど鮮やかで、浅見はわずかに目を細めたのだった。

5

午後六時五分。神戸《こうべ》行きの汽車のホームはたくさんの人でごった返していた。この時間に汽車に乗れば、神戸に着くのは明日の午前十一時十九分だ。寝ている間に神戸まで連れて行ってくれるとは、便利な世の中になったものである。

山高帽にステッキを持った背広の紳士と、その妻だろうか生壁《なまかべ》色の小紋縮緬《ちりめん》の紋付きに、黒繻珍《しゅちん》の丸帯を締めた夫人が二等の車両に乗り込むところだった。

新橋・神戸間の乗車賃は三等は三円七十六銭だが、二等はその倍である。一等になると三倍で、華族や高級官僚、大実業家などが利用する。二等でもそうとうに高くて、余裕のある暮らしをしている者しか乗れないのである。

あの夫婦は二等に乗るのが誇らしいのだろう、二人とも顎を上げてすまして歩いている。その後ろには胸板の厚い将校が続き、少し遅れて高利貸し風の男が大きな革鞄を抱えて乗り込んだ。

二等の乗客を横目に見ながら、紫堂と浅見は三等車の入り口で、お雪とおスミの見送りを受けていた。

紫堂はいつもの格好だが、浅見は外出着のブルーグレイの背広に、白いパナマ帽を被っている。白は汚れるからやめなさい、とおスミに止められたが、お雪がそばで「坊っちゃまに、とてもよく似合っている」と言うのでそのまま被ってきた。

浅見と紫堂はそれぞれ柳行李《やなぎごうり》の旅行鞄を持っているが、これはお雪の夫のものを借りてきた。

「坊っちゃま、生水を飲んではいけませんよ。それから、くれぐれも危ないことはなさらないでくださいね」

新橋停車場まで見送りに来てくれたお雪とおスミが、さっきから代わる代わる旅行中の心得をいくつも言うので、もう覚えきれなかった。

お雪は二人分の弁当を手渡しながら、「ご無事でお戻りになるのをお待ちしていますよ。お手紙を書いてくださいね」と涙ぐんで、まるで出征兵士の見送りのような悲壮感を漂わせていた。隣でおスミも泣きそうな顔をしている。

「大げさだなあ。すぐに帰ってきますよ」

浅見は二人のようすに呆れて言ったが、隣で紫堂が目に涙をためている。どうやらもらい泣きをしたようだ。

「大丈夫。俺がついてます。心配いりませんよ」

紫堂は二人の手を交互に握って、やはり戦争に行くかのような意気込みを見せている。

見回せばホームでは、あちこちでこんな愁嘆場を演じている。大きな風呂敷包みを背負った十四、五歳の男の子と、その母親らしき女は涙で言葉にならないのだろう、ただただうなずき合っていた。その向こうでは若い男女が別れを惜しみ、熱く見つめ合っている。

列車に乗り込み、ホームが見える側に二人で向かい合って座った。

窓のところにお雪とおスミがやってきて、また体に気をつけるように、などとくどくど言い始めた。

発車の鈴《ベル》のあと、腹に響く長い汽笛が鳴って、汽車はゆっくりと動き出した。

紫堂は窓から身を乗り出して、お雪とおスミが見えなくなるまで手を振っていた。

「本当にいい人たちだよな」

「ああ」

浅見はうなずいた。すると紫堂は「おまえってやつは、感動が薄いやつだよな」と不満そうに鼻を鳴らした。

しばしの別れにはなるが、前人未踏の異境の地に旅立つのならともかく、行き先は日本国内だ。自分が特に冷淡だとは思わない。紫堂の言うように感動が薄いわけではなく、ただ表に出さない、いや、出せないのだ。

浅見の隣には手拭いでハチマキをした職人風の小柄な男が座った。その向かいには大人しそうな、やはり職人風の若い男が座った。二人とも印半纏に股引という格好だ。若い方はなにかに脅えるように椅子に浅く腰掛け、絶えず周りを気にしていた。

「お、カツレツが入っている」

お雪の弁当をさっそく開けた紫堂は大喜びだった。わざわざ箸で持ち上げて眺めている。

隣の若い男は、ものすごい目つきでそれを見ていた。浅見の隣の男もやはり見ているようで、つばを飲み込む音が聞こえた。

紫堂はそんな男たちの視線にはおかまいなしに、「浅見も食え。美味いぞ」と言った。

浅見は弁当を広げる気になれず、暮れゆく東京の空を見ていた。汽車の黒い煙が空にたなびいて、そのまま暗い空の色の中に溶け込んでいった。

「とにかく、だ。おまえにはやる気が足りねえ」

浅見の隣の男が向かいの男に説教を始めた。どうやら二人は親子のようだ。

なんの仕事をしているのか、これから仕事でどこかに行くのか、それとも東京での仕事が終わったのか。浅見の好奇心がむくむくと湧いてくるが、とても話しかけられるような雰囲気ではなかった。その上、父親らしき男が一升瓶を取り出し、茶碗で酒を飲み始めた。だんだんと声が大きくなり説教に熱が入る。若い男のほうも飲み始めたせいで、なにやら言い返していた。

二人はもう、こちらのことはすっかり眼中にないようなので、浅見は安心して弁当を食べ始めた。

しばらくの間、車内は旅への期待と興奮で大変な騒ぎだった。だれもが日常を離れた汽車の旅に浮き立っていた。紫堂はいつにも増して口数が多く、浅見もまたいつになく高揚していた。

しかし夜が更けるにつれ、騒いでいた子供たちは眠ってしまい、大人も静かになっていった。隣の親子も酔っ払って眠っていた。

紫堂が退屈そうに真っ暗な外を眺めている。

「なあ、紫堂。僕は感動が薄いだろうか」

なんのことかわからないようで、「は？」と眉根を寄せた。そしてしばらくしてから、半分笑って言った。

「ああ、あのことか。お雪さんとおスミちゃんがあんなに熱情的に見送りをしてくれているのに、おまえは乙に澄ましていたからな。まあ、いつものことだが」

と鼻毛を一本抜いて、「なんだよ、そんなことずっと気にしていたのか」と言った。

「ずっとじゃないが、ちょっとだけ心に引っ掛かっていた。僕は人より情が薄いのだろうか」

「おまえは薄情な人間ではないと思うが、時々、何を考えているのかわからないことはあるな。今だって、どうでもいいことをうじうじと考えていたみたいだしな。あっ、そうだ。お雪さんが心配していたぞ。坊っちゃまは小さい頃は、それはそれは明るくて天真爛漫《てんしんらんまん》で明朗快活で、あとなんだっけかな。とにかく屈託がなくて太陽みたいな子供だったのに、ある日突然、変わってしまったと言うんだ。だから俺は言ったんだよ。そりゃあ大人になれば誰だって変わりますよ、ってな」

「それで、お雪さんは？」

「珍しく暗い顔をして『違います。そうじゃありません。坊っちゃまはなにか悩み事があるのです』って言ってたぞ。なんか、悩んでいるのか？」

「いや、特に悩んでいるようなことはない」

仕事を見つけなければ、とは思っているが、お雪に心配されるほど悩んでいるわけではない。どうにかなるさ、とわりと楽観的に考えている。

お雪が自分のことをそんなに心配していたことに驚き、申し訳ない気がした。それでかなり真剣に考えた。

自分がある日を境に変わった……。

「ある日突然って言ったな」

「ああ、言った」

「ある日突然といえば、思い当たることがある。僕の母のことじゃないかな」

浅見がこの世に誕生すると同時に母は死んだ。それは物心つく頃にはすでに知っていた。たぶん父やお雪が包み隠さず教えてくれたのだと思う。母親がいなくても、家族や使用人たちに囲まれ、愛されて、浅見は別段寂しいとも悲しいとも思わずに子供時代を過ごした。

ところが、あれは中学校に通っていた頃だ。なにがきっかけでそう思ったのかは思い出せないが、突如として、母は浅見の命と引き換えに死んだのだと気付いたのだった。

その時の衝撃は忘れられない。自分が生まれてこなければ、母はまだ生きていたかもしれないのだ。写真でしか見たことのない美しい母。話でしか聞いたことのない、優しく聡明な母。そんな人の命を奪ったのは自分なのだ。

その日から浅見は、子供時代と決別したのではないだろうか。

紫堂は浅見の話を黙って聞いていた。

「だからといって、いまだにそんなことを悩んでいるわけじゃない。紫堂の言うように、その時に僕は少し大人になったのだろうな」

ズズーっと紫堂が洟《はな》をすすり上げた。そして涙声で言った。

「仕方ないよな。辛くて悲しいことだけど」

「お雪さんが、僕のことをそんなに心配していたとは知らなかった。東京に戻ったら心配いらないと言ってあげることにするよ」

「それがいい」と紫堂は潤んだ目で言った。二人はそれから、ぼそぼそとこれから向かう高知の話などをした。亀井はなぜ緒智村にいるのだろうとか、そこはどんなところだろう、などと埒《らち》もない話をしているうちに、紫堂は眠くなったらしく目蓋《まぶた》が重くなり、そのうちに白目を剝いて眠ってしまった。

浅見は床に落ちた青いソフト帽の埃を払い、顔に載せてやった。

車窓に映る自分の顔を見ながら、亀井の言っていた「謎解き」とはなんだろう、とぼんやり考えているうちに、いつの間にか深い眠りに落ちていった。

6

外の明るさで目が覚めた。首と背中に痛みが走る。同じ姿勢で寝ていたために体中がこわばってしまったようだ。

窓の外を流れる景色に、思わず息を呑んだ。最初は海かと思った。だがそれは満々と水をたたえた巨大な湖、琵琶湖《びわこ》だった。時刻を見ると、そろそろ米原《まいばら》に着く頃だ。

まだぐっすり眠っている紫堂を、ちょっと可哀想だとは思ったが起こした。

「見ろ紫堂、琵琶湖が見えるぞ」

「おお」

紫堂は寝ぼけ眼《まなこ》をこすって身を乗り出し、歓声を上げた。

「ということは米原か」

程なくして停車場に着き、紫堂は下駄を鳴らしてホームに降りていった。

戻ってきた紫堂は弁当を二つ持っている。

「ほら」

渡された弁当には琵琶湖の絵に「上等弁当」と書かれていた。

「これ、いくらしたんだ？」

「二十銭」

「なんだと。普通の弁当の倍じゃないか」

「まあいいから食え。ここの駅弁は有名なんだぞ。俺はこれを楽しみにしてたんだ」

蓋を取ってみると、豪勢な幕の内弁当だった。

紫堂は鮭の切り身を口に入れ「美味い」と叫んだ。ちょうどその時、隣にいた親子が戻ってきた。やはり弁当を買ってきたようだ。

浅見が弁当を食べ始めると、親子は浅見の箸の上げ下ろしを食い入るように見つめている。彼らは竹皮に包んであった握り飯を、ぼそぼそと食べ始めた。

親子は彦根《ひこね》で降りていった。

浅見は少なからずほっとした。長い旅の途中で見知らぬ人と、思いがけなく話が弾み……という旅を夢想していただけに、一度も言葉を交わさなかった親子は気詰まりだったのだ。

紫堂も多少は気になっていたようで、「降りたな」と大きく伸びをした。

浅見は余裕のできた座席に旅行鞄を置いて、亀井の本を取り出した。手紙にあったのは、

『玉葉』『吾妻鏡』『臥遊奇談《がゆうきだん》』『安徳天皇御入水考《あんとくてんのうごじゅすいこう》』『養和帝西巡記《ようわていせいじゅんき》』の五冊だ。どれも古い本らしく、タイトルの文字が消えかかっているものもある。

「亀井さんが史学をやりたかった、という話は聞いたが、なぜこんな本をわざわざ持ってきて欲しいと言うのだろう」

「さあな。読みたいからだろう」

紫堂はそう言って、浅見がまたつまらぬことにこだわっている、と笑った。何冊かぱらぱらとめくっていたが、興味がないのか、自分が持ってきた本を読み始めた。

改めてタイトルを見ると、安徳天皇という文字が見える。それと養和帝というのは安徳天皇のことだ。安徳というのは諡《おくりな》で、養和は在位した時の元号なのだ。

中は漢文だったり、ひどく崩した文字で書かれてあったりするが、読んで読めなくはない。

亀井はずいぶん熱心に読み込んでいたようで、どの本にも亀井の自筆らしいメモ書きが挟んである。

浅見はそのメモを一つ一つ読んでいったが、どういう意味なのか、どんな意図でメモを残したのか、ほとんどわからなかった。

タイトルに惹かれて『安徳天皇御入水考』を開いてみた。著者は西田直養《にしだなおかい》という人で江戸時代に書かれたものらしい。しかし文字がひどく読みにくいので、早々に諦めてしまった。

次に手に取ったのは、『臥遊奇談』だ。挿絵もあって、なかなか面白そうだ。著者は一《いっ》夕散人《せきさんじん》。『弐』とあるので他の巻もあるのだろう。二つの物語が入っており、一つ目は『琵琶秘曲泣幽霊《びわのひきよくゆうれいをなかしむ》』というものだった。

かなり夢中になって読んでいたようだ。紫堂に声を掛けられて、はっと顔を上げた。

「そんなに面白いのか?」

「うん。実に意外な内容だ」

浅見はどんな話なのかを説明した。

長州赤間関《あかまがせき》の阿弥陀《あみだ》寺近くに芳一《ほういち》という盲人がいた。琵琶の名手で『平家』を語れば人は感泣し、鬼神の心をも動かすともてはやされた。ある夜、高貴の人に召し出されて壇ノ浦《だんのうら》合戦の篇を語った。そして一門入水のくだりに至ると人々は涙を流して泣き、その声はしばしやまなかったという。芳一は連日その人々に召されていく。

高貴の人々は幽霊であることがわかり、このままでは芳一は取り殺されてしまう。そこで阿弥陀寺の和尚は芳一の全身に般若心経を書き付けた。これで幽霊に命を取られることもないだろう、と思ったが、耳だけに経文を書いていなかったので、芳一は両耳を取られてしまった。それで彼は「耳切れ芳一」と呼ばれた。

浅見は、ふっとため息をついた。

「この本によると芳一は、『安徳帝御陵《みささぎ》の御前に芳一琵琶を弾《だん》じて座《ざ》』していたのだそうだ。高貴の人の御殿と思った場所は、なんと安徳天皇のお墓だったんだ」

「ちょっと待て、安徳天皇のお墓が長州の赤間関にあるというのか？　聞いたことないぞ」

「僕も聞いたことはない。壇ノ浦で入水したあと、天皇のご遺体は見つからなかった、と聞いている」

「そうだろう？　これは子供向けの本で、いい加減なことを書いているのだろう。しかし、いくら子供向けでも嘘はいかん」

「だけどこれを見ろ」

浅見はそのページに挟んであった紙片を見せた。

『安徳天皇阿弥陀寺　陵《みささぎ》。明治二十二年。宮内省認定』

「なんだこれは」

「亀井さんが書いたメモのようだな。阿弥陀寺というのは、赤間関の阿弥陀寺のことだろうか。その年に御陵として宮内省が認定した。そういうことなのか？」

「さあ」

紫堂は首をひねってメモを返してよこした。

亀井のメモは他の本にもあった。『養和帝西巡記』には藤原経房《ふじわらのつねふさ》と曲亭馬琴《きょくていばきん》を並べて大書してある。

「これはどういうことなのだろう」

浅見も首をひねる。だがメモからは、なにかを熱心に調べていたようすがうかがえる。

「亀井さんに訊けばわかることさ」

と紫堂はいつものようにあっけらかんと言った。

彦根から神戸まではあっという間だった。流れる景色を眺め、持って来た本を読み、時々居眠りをした。

停車場が近づいてきたと見え、車内が慌ただしくなった。立ち上がって荷物の整理を始める人や、堂々と着替えをする人すらいる。

窓の向こうに遠く港が見えた。近づくにつれて、船体に書かれている文字が「土州丸《としゅう》」と読める。

「見ろ。あれは僕たちがこれから乗る蒸気船じゃないか」

「おお、でかいな」

紫堂は目を輝かせ、感嘆の声を上げた。

黒い船体。白く塗られた船室。それに太く大きな煙突と、マストからマストへ渡された、色とりどりの旗。

「あれに乗るのか」

喜びと期待を体中で表現する紫堂に影響され、浅見の心も静かに浮き立ってくるのだった。

第二章　緒智村

1

　三等の客室は、もうランプの明かりも間引かれて薄暗く、雑魚寝した人々の間からいびきも聞こえている。

　ゆらりゆらりと大きく揺れるので、まるで揺り籠で揺すられているようだ。すぐにでも眠れそうなものだが、浅見はなかなか寝付けなかった。隣の紫堂はとっくに眠ってしまっている。

　神戸港に停泊していた土州丸の偉容と、その船に自分が乗っているのだという興奮。港を出る船に、桟橋から手を振る人々。デッキからそれに応えて手を振り返す人たち。

　浅見と紫堂は日が沈むまでずっとデッキにいて、海や空を眺めていた。

大阪《おおさか》湾を出た船が友《とも》ヶ島《がしま》水道にさしかかると、左手にこんもりと木が生い茂った小さな島が見え、反対側にはとても島には見えない大きな淡路島《あわじしま》がせまってきた。船の舳先の向こうには夕日を受けてきらめく和歌山《わかやま》湾が見え、そしてさらにその向こうに、どこまでも続く太平洋があった。

「こうして見ると地球ってのは丸いってことがよくわかるなあ」

デッキの手すりにもたれて、紫堂はつくづくと言った。

「ああ」

蒸気船の大きな煙突からたなびく煙を見ながら返事をした。

これから向かう見知らぬ土地、高知がどんなところなのか、考えるだけで胸の中でなにかが、ざわざわと騒ぐのだ。その時は、このあと待ち受けることへの期待なのだろうと思っていた。だがあとになって考えると、それは胸騒ぎというものだったのかもしれない。

2

翌日の早朝、船は浦戸《うらど》に入港した。大きな艀《はしけ》で農人町《のうにんまち》まで運ばれ、人々はぞろぞろと陸に上がった。目の前にはたくさんの食べ物屋と八百屋や魚屋、それに日用品を売る店がひしめいていた。今、艀から降りた人々もそれぞれに買い物をしたり、迎えの俥《くるま》に乗ったりとあたりは騒然としていた。

一膳飯屋を見つけて入ろうとする紫堂の袖を引いた。

「向こうに立場《たてば》があるが、どんどん馬車が出ていくぞ」

馬車だけでなく、人力車も次々と客を乗せて発っていく。何台もあった馬車が見る間に一台きりになって、浅見はにわかに不安になった。緒智村は高知から、いくつもの村を通って行くらしいのだ。とても徒歩で行ける所ではない。最後の馬車が行ってしまったら、と思うと気が気でなかった。

「そうだな。のんびり飯を食っている場合じゃないかもしれない」

二人は立場に駆けつけた。馬車の御者に行き先を尋ねると、佐川《さかわ》村まで行くという。佐川村は緒智村の手前にある村だったはずだ。

「緒智村まで行きたいのですが」

馬車は佐川村から引き返すことになっているらしい。すでに乗っている中年の夫婦がその村に行くようだ。

「緒智までなら、歩いてもたいした距離やないがよ」

「仕方ないな。まずは佐川村まで行くとしよう」

浅見たちはこの馬車に乗ることにした。佐川村までは四十銭だという。

「朝飯を食ってくる時間はあるかな」

紫堂は一膳飯屋のほうを振り返りながら言った。店の前でかいだ焼き魚と味噌汁の匂いには、浅見も心引かれる。できれば食べてから行きたかった。

「もう一人、お客が乗るんじゃ。その人が来たらじき出なきゃならん。前金でこじゃんともろうてるきに。おまんらを待ってはおられんがよ」

御者はそう言って、すぐそこの茶屋で握り飯を売っているはずだ、と教えてくれた。

浅見たちは握り飯を買い、馬車に乗り込んだ。先に乗っていた夫婦者は、警戒するような目でこちらをジロジロと見ている。

ほどなくして初老の紳士然とした男が乗り込んできた。口髭を生やし、背広に山高帽という格好だ。大きな体をしていてチョッキのボタンがはち切れそうになっている。

浅見の隣にどっかりと座ると、馬車がぐらりと揺れた。

「出してくれ」と横柄に命令して、だれにともなく大声で話し始めた。

「まったく、わしがおらんと何一つ解決できんがじゃ。無能なやつばっかりや。こう忙しくちゃ体がもたん」

向かいの夫婦は、まるで自分たちが叱られでもしたように、脅えて下を向いている。二人とも真っ黒に日焼けしている。みたところ農業に従事しているのではないかと思われた。妻のほうは黄ばんだ手拭いを姉《あね》さんかぶりにしている。小柄で痩せていて目ばかりがぎょろぎょろとした女だった。夫のほうは菅笠を被らずに背中に落としていた。そして驚いたことに、まだ髷を結っている。いかにも人の好さそうな朴訥《ぼくとつ》な顔をしていた。

男が醸し出す雰囲気のせいか、馬車の中は重苦しい緊張に包まれていた。佐川村まではわずかな時間だが、ここでも「袖すり合うも多生の縁」とか「旅は道連れ」のような出会いができないのか、と少なからずがっかりした。

馬車は土煙を上げて走り始めた。山々は南国らしくむせかえるような濃い緑だった。町並みが途切れた頃から甘くかぐわしい空気が鼻腔をくすぐる。浅見は旅の道連れはこの素晴らしい景色で十分だと自分を納得させることにした。

「おまん、どこから来たがや?」

男が浅見に訊《たず》ねる。

「東京です」

「ふん、東京もんか。どこまで行くがや」

「佐川村です。彼と二人で」

男は紫堂を遠慮なくじろりと見て、夫婦者に「おまんらは」と訊いた。

「うちらも佐川村や。親類の家に行くんじゃ」

「おまさんたち、ええ時に来たな」と男は、夫婦者の返事を無視して浅見と紫堂に言った。

「ここは以前、馬車が通れるような道じゃなかったんじゃ。これじゃいかんとわしは思った。そこに気がついたのは、四国広しといえどもわしだけじゃった。『四国新道構想《しこくしんみち》』を大久保諶之丞《おおくぼじんのじょう》先生に進言したのはわしじゃ。四国の発展のためには、山道を改良して、各県を結ぶ幹線道路を整備する必要がある、ちゅうてな。去年竣工して、今のところ佐川までじゃがな」

「四国新道構想」がどんなもので、大久保某《なにがし》先生がだれかもわからないので、返事のしようがなかった。ここは「すごいですね」などと言うべき場面だろうが、歯の浮くようなことは言えない。「はあ」などと気の利かない相づちを打っていた。

すると紫堂が口を開いた。

「素晴らしい。すごいことですね。あなた様はどちらの先生ですか？」

「馬鹿、わしは先生なんかやないぜよ」

男は意外にも照れて赤くなっている。

「わしは伊野《いの》村の、しがない紙問屋じゃ」

そのあと、伊野村に着くまで男は土佐《とさ》和紙について語り続けた。千年以上の歴史があり、越前《えちぜん》和紙、美濃《みの》和紙と並び、三大和紙と呼ばれていることや、土佐の楮《こうぞ》は繊維が長いので薄くても丈夫な紙が漉《す》けることなど、思いがけず勉強になった。

それでも男が馬車から降りてしまうと、全員の緊張が解けるのがわかった。浅見もほっとして、ゆっくりと景色を楽しんだ。

すぐに大きな川に行き当たった。渡し舟がちょうど戻ってくるところだった。

「見ろよ、川があんなに透き通っている」

紫堂は馬車から身を乗り出して叫んだ。

見れば川底の小石まで見える。

「きれいな川だなあ」

思わず口をついて出た。

「あ」

紫堂が大声を上げて指をさすほうを見ると、戻ってきた渡し舟が宙に浮いていた。もちろん本当に浮いていたわけではなく、あまりにも水が透明なので、そんなふうに見えたのだ。

「すごいなあ、これは何という川ですか？」

はしゃいだ声で訊く紫堂に、「仁淀川《によどがわ》やよ」と夫婦も満面の笑みで答えた。

馬車は台船《だいせん》にそのまま載せられて、向こう岸に渡り始めた。

遠くで子供が水しぶきを上げて水遊びをしている。紫堂と二人、子供の頃に川遊びをした話などで盛り上がるうち、船は岸に到着した。

再び陸を走り始めた馬車は、緑深い山道へと進んでいく。

向かいの夫婦は、にこにこして年はいくつなのか、などと訊いてくる。川の美しさに感動して饒舌《じょうぜつ》になった浅見たちに親近感を持ったようだ。

「僕たちは二十四です。同い年なんです」

「そうなが、うちの息子と同じじゃのお」

息子夫婦の子供が去年生まれたので、会いに行ってきたのだと言う。

「昼に食べやゆうて、嫁がお寿司を作ってくれてね」

と竹皮を開いた。どうやら浅見たちに振る舞ってくれるようだ。しかし手元を見ると、色からしてマグロのにぎり寿司のようだ。この陽気に生ものはどうだろう。しかもずっと女性の膝の上にあったはずだ。

「さあ、どうぞ。たくさんあるき、好きなだけ取っとおせ」

断れば角が立ちそうだ。だが、旅先で生ものを食べて腹を壊すのは困る。

「いただきます」

紫堂は寿司を一つつまむと、口に放り込んだ。二、三度咀嚼《そしやく》して、妙な顔をしている。やっぱり傷んでいたのか。浅見は心の中で、呑み込むな吐き出せと言っていた。

「なんですか、これは」

もぐもぐと口を動かしながら、紫堂が言う。

「シャキシャキしていて、美味いなあ」

シャキシャキ？

「浅見も食べてみろよ。美味いぞ」

手に取ってみるとマグロではなくミョウガだった。ミョウガの載ったご飯が美味しいとは思えず、紫堂の言葉を疑いながら口に入れた。ミョウガは甘酢漬けで、しっかり握った酢飯とは抜群の相性だった。シャキシャキという歯ごたえも美味しさを倍増させている。

「美味いじゃろう」

女性は満面の笑みで訊いた。

「ええ、すごく美味しいです」

美味しい食べ物は互いの距離をぐっと近づけた。

「うちの実家がある村に、長生きのお婆さんがいてな。その人が作り方を教えてくれたんじゃ」

そのお婆さんは百歳を超えているが、本人も正確な年はわからないという。だがなんでもよく知っていて、昔のことも覚えているのだそうだ。

今日は佐川の親類の家に泊まるが、家は野老山《ところやま》村なのだという。そこで先祖代々百姓をやっている、とても誇らしげだ。今は長男夫婦に田畑を任せていることや、子供が十人いて、それぞれがどこでなにをしているか、など細かに教えてくれる。

「それで、おまんらはなにをしに佐川村に行くがかえ？」

「馬車が佐川までしか行かないというので、そこで降りますが、目的地は緒智村です。友達に遊びに来いと言われたので」

すると夫婦者は急に眉を曇らせ、気のせいか浅見たちから距離を置くようにわずかに身を引いた。

「あのう。どうかしましたか？」

「緒智村は行かんほうが、ええんやないかな」

夫の言葉に女性もうなずいている。

「野老山村は緒智村の向こうにあるんじゃ。緒智村を通って行けば今日のうちに家に帰れるんじゃが、回り道をすることにしたんじゃ。それで、こいつの」

と妻を顎で指して、「妹の家に泊めてもらうんじゃ」と言った。

「姉さんは、怖がりじゃのう、言うて笑うんじゃが」

妻は自嘲気味に笑ったが、なんだか無理をして笑っているように見えた。

「緒智村になにかあるのですか？」

わざわざ回り道をするというのは、よほどのことがあるに違いない。

言っていいものかどうか、というように夫婦は困り顔で目を見合わせる。そしてついに夫のほうが口を開いた。

「祟《たた》りが始まったぜよ」

3

佐川村の辻で四人を降ろした馬車は、もとの道を引き返して行った。遠ざかる馬車を紫堂と二人、並んで見送ったが、これほど心細い思いで空《から》の馬車を見送ることになるとは、想像もしていなかった。

一緒に乗ってきた夫婦は別れ際に、なにかあったらいつでも頼ってくれ、と手を握りしめた。自分たちは林政吉《はやしまさきち》とヨネで、野老山村で訊けばすぐに家はわかるし、佐川村の妹の家は一軒しかない荒物屋だ。たとえ自分たちがいなくても、妹には言っておくので力になってくれるはずだと、くどくどと言う。

　二人は何度もこちらを振り返って、心配そうな、あるいは気の毒がっているような顔で頭を下げ、佐川村の通りの向こうに消えていった。

「なにかあったら、ってなにがあるんだよ。それに祟りが始まった、ってどういう意味なんだ」

　紫堂が怒るのも無理はない。結局、林夫婦は言葉を濁すばかりで、確かなことはなにも教えてくれなかったのだ。終《しま》いには、『迷信じゃから』とはぐらかすようなことを言った。

「さんざん脅かしておいて、迷信だから、ってあれはないだろう。だったら最初から言うなってんだ」

「まったくだな。迷信だと言っているわりに、ひどく怖がっていたしな。遠回りまでして緒智村を避けるなんて」

　緒智村に向かう道は、高知から続く松山街道を引き続き行くのだが、これまでの道とは違って急に細くなる。なるほどこれでは馬車が通るのは難儀だな、と納得する。だが、広々とした畑の中の道を、遠くに点在する茅葺き屋根の家を見ながら、のんびりと歩くのはなかなか気分が晴れ晴れとするものだった。

　畑が途切れると道はさらに細くなり、わずかな上りと下りを繰り返すようになる。両側の山が迫ってきて視界は悪くなり、勾配もややきつくなる。

それでも紫堂は軽口をききながら、陽気に歩いていく。昼間なのに薄暗い山道も少しも苦ではなかった。

そろそろ緒智に着く頃ではないかと思ってから間もなく、見晴らしがよくなり、通りに沿って広がる集落が見えた。集落の周りの田畑を濃い緑の山が取り囲んでおり、麓には大きな蛇行する川があった。

「見ろよ、あの山」

紫堂が指さすほうを見ると、洒落《しやれ》た形の山が目に入った。

「俺の帽子と同じ形だ」

紫堂は自分のソフト帽を取って、頭頂部の中央が折れ込んだ形を、山の形と重ね合わせた。

「本当だ」

紫堂と笑い合って歩を進め、いよいよ緒智村に入る。

村は活気にあふれていた。村の中央を東西に走る通りには、天秤棒を担いだ男が早足で通り過ぎ、向こうからは炭俵を積んだ大八車がやってくる。背負い籠に野菜を山盛りに入れた人、箒などの日用品を背負った行商人、三味線を肩に掛けた男女の門付けの芸人などと行き違う。

通りの両側には家が建ち並んでいて、八百屋や肉屋、旅館、役場らしき建物も見える。玉突場もあってなかなかに近代的だ。買い物をする女性が三人、賑やかに笑いさざめきながら歩いて行った。

「なあ、あの林さん夫婦はなにか勘違いしていたんじゃないか。ここを避けて通る理由があるのかよ。実に明るくて景気のいい村じゃないか」

紫堂の言うとおりだ。林夫婦が怖《おそ》れていた姿と、活況を呈した村のようすがまったくかみ合わない。

「この時代になってもまだ、ちょん髷を結っているような人だから、迷信を信じ込みやすいのかもしれないね。緒智の村の人は、あの人たちが言うような祟りなんて、だれも信じていないように見える」

二人は通りを進み、亀井が逗留《とうりゅう》しているはずの、福本質店がどこにあるのかを訊ねることにした。一般的に質屋は表通りではなく、奥まった路地裏などにあると思うのだが。

「あの店はどうだろう」

浅見はそのあたりの一際大きな構えの店を指さした。「内国通運会社緒智分社」と大きな看板が掛かっている。

その店は黒光りする瓦屋根で、間口が六間ほどもあるだろうか。白い暖簾《のれん》には丸に「通」という文字が紺色で染められていた。店の前には大八車が三台ほど並べてあり、その隣には荷物を積んだ牛が恨めしそうな顔で佇《たたず》んでいた。

人の出入りが激しく、店員と思われる人も忙しそうなので、道を訊くのは別の店にしようかと思っていると、向こうから声を掛けてきた。

「いらっしゃいまし」
十五、六のいがぐり頭の少年は、実に親切そうに浅見たちに腰をかがめた。
「あ、すみません。ちょっと道を訊きたくて」

「へえ、どちらに行かれますか？」

「福本質店に行きたいのですが」

「ああ、福本さんやったら……」

店員が言いかけると、後ろから「福本がどういた」と野太い声がした。

振り向くと恰幅のいい紳士が立っていた。立派な口髭に堂々たる押し出し。いかにも村の名士という感じで、大島の着物に高級そうな羽織を身に着けていた。

「へえ、こちらのかたが福本質店に行きたいのやそうで」

男はどうやらこの店の主人らしい。浅見たちを厳しい眼差しでじろりと見たあと、すぐに商人らしい温和な顔になった。

「ああ、そこならわしが今から行くところや」

その時、店の者らしい壮年の男が、「旦那様、俥が参りました」と告げた。

「俥は返せ。わしはこの人たちと歩いて行くき」

こちらが言葉をはさむ暇もなく、福本質店まで一緒に行くことになった。紳士は、自分は通称「棟形《むなかた》運送」の主人、棟形知親《ともちか》である、と自己紹介した。

「おまんらは、東京から来たがか？」

三人は並んで大通りを歩き始めた。

「ええ、そうです」

「とすると、亀井さんの知り合いながですか？」

「よくわかりますね」

「村の事はなんでもわしに、真っ先に情報が入ってくるんじゃ」

少し遅れて歩いていた紫堂は、首を伸ばして棟形の顔をのぞき込んだ。

「僕と亀井さんは友達でしてね。同じ大学で同じ下宿なんです。で、この浅見は探偵なんです。ちょっとした仕事を亀井さんに頼まれまして」

浅見は紫堂の脇腹を肘でつついた。声を出さずに「よせ」と怒ったが遅かった。

興味を惹かれたようで、棟形は「ほう、探偵さんか」と浅見をじろじろと見る。

「しかしまあ、立派な店構えですね」

紫堂はお構いなしに陽気に話を続けた。

「先祖代々受け継がれてきた、というところでしょうか。店構えに風格を感じます」

棟形は「そうですか」と途端に相好を崩した。

いつも感心するのだが、紫堂は実に口がうまい。相手が言って欲しいことを的確に摑んで、さらりと言ってのける才能を、今も遺憾なく発揮している。

「うちの店は、寛政《かんせい》年間から飛脚問屋を営んでおってな。先祖はなかなかの商売上手で、ずっと繁盛しておったのじゃ。そのおかげで、たいした苦労もなくこうやって続けてこられて、わしで四代目じゃ」

紫堂は「大したものですね」などと相づちを打った。

「わしらは知盛《とももり》の子孫じゃからな」

「トモモリといいますと?」

「平《たいらの》知盛じゃよ。ほれ、平家の。清盛《きよもり》の息子の」

「ああ、あの平知盛ですか。知盛はたしか壇ノ浦で海に身を投げたんですよね。ああそうか、知盛の息子が何人かいましたね。息子のだれかがこのあたりに逃れて来たということですか?」

「いや、違う。ここは平知盛終焉《しゅうえん》の地なんだ。で、わしらがその子孫というわけじゃ。わしらは父からも祖父からも、そう聞かされて育ったんじゃ。じゃから普段からそういう矜持《きょうじ》を忘れんのですよ。自然と、商売でもなんでも力一杯やるんですな。先祖に恥ずかしくないようにと。どんなことも一生懸命にやれば、それなりの結果を出せるものやき。そう思わんか」

紫堂はさすがに「はあ。おっしゃるとおりです」と力なく答えて浅見と目を合わせた。浅見も首をひねらざるを得なかった。壇ノ浦の戦いのあと、平知盛が高知に渡った、などという話は聞いたことがない。紫堂も言ったように、知盛は安徳天皇の入水を見届け、鎧を二枚着て錘《おもり》にして海に飛び込んだのだ。「見るべき程の事をば見つ」というその時の台詞は有名だし、この場面は脚色されて歌舞伎の名場面になっている。

だが棟形は、知盛がこの土地に来たと言っている。それはまるで自明のことで、疑いをはさむ余地がないことのようだ。

「平知盛は、どんなふうにして緒智にやって来たのですか?」

本当は、どうしてそんな嘘を信じているのか、と訊きたいのだが、棟形を傷つけてはいけないと思い、遠回しに訊ねた。

「平家が都落ちしたあと、屋島《やしま》の戦いで敗れたじゃろ。それで四国に入って、山の中をずっと従臣《じゅうしん》たちと一緒に落ちのびて来たんじゃ。だからこの村は緒智というんじゃ」

「ああ、『落ち』なんですね」

「村にはそういう落人《おちうど》の子孫はけっこうおるんじゃ。まあ、わしの先祖の家来ということじゃな。あの山の向こうには深い谷があってな」

棟形が顎で指した山は、紫堂の帽子と同じ形をした山だ。訊けば横倉山《よこぐらやま》だと言う。

「平家の落人はそこに隠れ住んだんじゃ。それで昔はこの辺一帯を平家谷と呼んでいた」

誇らしげに話す棟形に、浅見も紫堂もなにかを言えるはずもなく、二人はただ黙っていた。

4

目抜き通りをしばらく歩き、鍛冶屋の角から細い道に入った。一町ばかり先に小学校があり、その裏手に福本質店はあった。

棟形は店の格子戸をがらりと開けた。

土間の向こうに三畳ほどの小上がりがあり、その奥に帳場がある。

棟形が奥に向かって声を掛けると、帳場の向こうの暖簾が割れて、長身の男が現れた。

「この店の主人だ。口は重いが、なかなかのやり手や」

福本喜代治《きよじ》という男は、冷たい感じのする鋭い目で浅見と紫堂を一瞥《いちべつ》したあと、膝をついて棟形に頭を下げた。ごま塩の髪を短く刈り上げ、縞模様の着物をきっちりと着て紺の前掛けを締めている。几帳面そうな、そして神経質そうな五十くらいの男だった。

「この人たちは亀井さんのお客さんじゃ。はるばる東京から訪ねてきたんじゃ」

「ああ」と福本は、自分の膝の前あたりに落とした視線を動かさず、浅見たちを見ることもなかった。

棟形は断りもなく店にずかずかと上がり込む。

「さあ、あんたらも上がりなさい。疲れたやろう。休ましてもらいなさい」

だれの返事も待たずに暖簾をわけて奥に行ってしまった。

気まずい時間が流れた。

「どうぞ」と福本が立ち上がった。

「あのう。亀井さんは……」

紫堂が訊くと、福本は「出かけちゅう」と素っ気なく答え、そのまま暖簾の奥に姿を消した。

「行くか」

紫堂は先に立って店に上がった。

帳場の奥は中央に長い廊下がある。右側は台所や風呂場、洗面所があり、左側は広い居間になっていた。棟形の声がそこから聞こえるので、浅見たちは遠慮がちに入って行った。

上座に棟形が座り、入り口近くに福本と女が、まるで叱られている子供のように並んで座っていた。女は美しい顔立ちをしていて、ちょっと見たところは福本の娘のようだが、よく見れば三十歳は過ぎていて、どうやら二人は夫婦のようだった。

「さあさあ、ここに座って。ツヤさん。お茶、いや酒がええな。あんたらも飲みなさい。肴《さかな》はなんでもえいき。冷や奴《やっこ》でもあれば上等や」

ツヤと呼ばれた女は、「はい」と素直に頭を下げて、立ち上がった。すらりとした姿に、浅見は一瞬見とれてしまった。

「ツヤは相変わらず愛想がないな」

棟形の遠慮のない言い方にも福本は、「はあ」と気の抜けた返事をしただけだった。

この人たちはどういう関係なのだろう、と訝《いぶか》しんでいると、それを察したように棟形は言った。

「わしらは古い付き合いなんじゃ。福本さんがこの村に来たのは、娘の知佳《ちか》が生まれた年だったな。もう十八年になるのか。はやいものだな。あれからわしらは家族同然の付き合いなんじゃ」

　家族同然と言うが、棟形ほど福本夫婦は親しげではないように感じた。

「十八年前というと明治七年ですか。その頃から村は、こんなに栄えていたのですか？」

　正直言って、緒智村がここまで大きな村だとは思っていなかった。高知からかなりの距離を内陸部まで入ったところにあるので、ひなびた寂しい山村を思い浮かべていたのだ。

「ここは農業と林業が中心の村でな。明治二十二年に町村制が施行されて、周辺の村と合併したんで人口は六千人ほどになったが昔から景気は良かった。いわばここは交通の要衝なんだ。仁淀川があるじゃろ。緒智は舟運の中継地なんじゃや。三椏《みつまた》や楮を高知の製紙工場まで運ぶがや。じゃが四国新道が緒智まで伸びて、ゆくゆくは松山まで整備されるじゃろう。そうなればこの村もどうなるか。じゃからこの村にも製紙工場を建てようと計画しているところなんじゃ」

「また儲け話ながか？　ほんで棟形さんはなんぼ儲かるんじゃや？」

　廊下から、ひょいと顔を覗かせた男が言った。精悍《せいかん》な顔つきで、三十歳くらいだろうか。腹掛けに半纏。紺の股引という職人風の男だった。

「なにを言っておる。わしは村の発展のために……」

「わかっちゅうよ。それより牧野《まきの》を見やせんじゃったか？　これを待っちょったはずなんじゃけど」

男はブリキでできた鞄のようなものを掲げた。

黒崎多吉《くろさきたきち》というその男は、佐川村のブリキ屋で、牧野という人に頼まれた特注の「胴《どう》乱《らん》」を持ってきたという。胴乱とは採取した植物を持ち歩くための入れ物らしい。

「牧野さんやったら、植物採集に出掛けちゅうよ」

福本がぼそりと答えた。

すると棟形が突然、浅見と紫堂に向かって言った。

「おまんら、泊まるところは決まっちゅうがかえ？」

「いえ、まだ決めていませんが」

「ほいたら、ここに泊まっちょき。みんなここにおるきに。亀井さんの友達ならちょうどええじゃろ。なあ、福本さん」

福本は「はい」と返事をしたものの、少しも歓迎したようすではなく、むしろ迷惑そうだった。

そんな福本に頓着することなく、棟形は「じゃあ決まりじゃ」と勝手に決めてしまった。

「二人は亀井さんと同じ部屋でええな。ちっくと狭いかもしれんが、下宿代は安うするよう、わしから頼んじゃる」

教えられた部屋に荷物を持っていく。居間の前の廊下を奥に進む。短い渡り廊下の向こうが離れになっていた。三つ並んでいるドアの右端の部屋に入る。六畳ほどの部屋で、隅には畳んだ布団と、亀井のものらしい小さな風呂敷包みが置いてあった。浅見たちは、入り口のほうへ旅行鞄を置いて居間に戻った。

ツヤが酒と肴を持って来た。

「お豆腐がありゃあせんじゃったき。大根の煮たのを温めました」

「そうか。なんでもええ」と棟形は立ち上がった。

「おまんらでやっちょき。わしは福本さんと話がある」

福本と連れだって居間を出て行こうとしたが、福本は立ち止まって振り返った。

「ツヤ。おまんは部屋に行っちょき」

ツヤは黙って立ち上がり居間を出た。

「みんなここにいる、ってどういう意味ですか？」

浅見は棟形たちがいなくなると、黒崎に訊いた。

黒崎は「牧野と亀井さん、池永《いけなが》さんじゃ」と指を折って数えた。

「みんなよその土地から来た人なんじゃ。年も全員同じくらいだ。池永さんは今年の四月から小学校の訓導になった人でね。東京の師範学校を出ちゅう。子供の頃に家族で東京に移って行ったんじゃけんど、生まれた村のために尽くしたいち言ってたな。牧野と俺は幼なじみで佐川村の出や」

「亀井さんは、なぜここに泊まっているんですか?」

「牧野と亀井さんは大学が同じだって言《ゆ》うてたよ。ほんで誘われたらしい」

黒崎が言うには、牧野の実家は佐川村の大きな造り酒屋なのだが、倒産してしまった。家を整理するために東京からこちらに来る時、手間賃を払うので、整理を手伝って欲しいと亀井に頼んだらしい。佐川村は亀井の実家、石ヶ谷《いしがたに》村に行く途中にあるので村に帰るついでに、手間賃が入るならと亀井は了承したという。

「俺も牧野に雇われたクチなんじゃ。じゃけんど親戚やら知り合いやらが何人も来て、あっという間に家の整理は終わって、家や土地の買い手も決まってしもうた。ほいじゃき時間ができた牧野は、植物採集のために緒智村にしばらく逗留するってことになったんじゃ。以前からちょくちょくここには泊まっちょった。やき俺もよく遊びに来るんじゃ。みんなと喋るのは楽しいき。亀井さんは、なんだか調べたいことがある言うちょった。牧野が宿泊費を出してくれると言うがやき、亀井さんもここに泊まっているんじゃ。実を言うと俺も泊まる時は出してもろうちゅう。牧野は苦労知らずのお坊ちゃん育ちでね。お金のことにゃ頓着がないがよ。家業を顧みず、植物の研究のために散財したき、造り酒屋は潰れたんじゃ」

黒崎は大根を肴に手酌で酒を飲んでいるが、浅見たちはさすがに明るいうちから飲む気もせず、ちびちびと大根の煮物を食べていた。

「棟形さんは、僕たちにここに泊まるように言っていたけど、どうしてなのですか？」

「あの人は、そうやって恩を売って自分の株を上げたいんじゃろう。製紙工場用地の確保やなんかも村役場の力を借りるつもりらしいし、村会議員に出馬するなんていう噂もあるしな」

黒崎は軽蔑したように、「そのうち役場の前に銅像を建てるなんて言い出しそうじゃ」と鼻で笑った。

「それはそうと、あんたたちは亀井さんの友達なのかい？　東京から来たがじゃろう？　なんでこがな遠いところまでわざわざ」

紫堂は自分が亀井の友達で、遊びに来ないかと誘われたのだと説明した。

「謎解きを手伝って欲しい、なんて書いてあったんだが、なんのことかわかるかい？」

「へえ、謎解きねえ」

黒崎はうっすらと髭の生えた顎を撫でた。

「謎ってなんでしょうね。僕たちはそれが気になってしょうがないのですが」

「さあな。亀井さんが戻ってきたらわかるろう」

黒崎にも見当が付かないようだった。

「大根だけじゃ物足りないな。なにか探《さが》いてこよう」

黒崎が台所に向かったので、浅見もあとをついて行った。廊下を挟んで向こう側にある台所は、居間よりは少し狭いものの、なかなか広く立派なもので、業務用の厨房といった感じだった。

浅見がそう言うと、母屋の二階と離れを合わせて、下宿人を置ける部屋が六部屋あるのだと黒崎は説明した。

台所の窓から外を見ると、あまり手入れはされていないが広い庭になっている。中ほどに小さな池があり、そのほとりで棟形と福本が、なにやら深刻な顔で話し合っていた。

さっきまで晴れていた空は、いつの間にか黒く厚い雲に覆われていた。

「ツヤさんという人は、福本さんの奥さんなんですよね。ずいぶん年が離れているようですが」

「うん。福本さんが五十三でツヤさんが三十三やったかな。親子みたいだけど夫婦だ」

よくここに遊びに来ているというだけあって、とても詳しい。

黒崎はスルメを見つけた。さっきツヤが大根の煮物を温めるのに使った七輪で軽く炙《あぶ》って居間に持っていく。

「福本さん夫婦は仲が良くないように見えましたが」

「そうかい？　俺はその逆だと思うぜよ」

黒崎はスルメを噛みながら言った。

「逆というと、仲がいいということですか？」

「仲がええというのとも、ちっくと違うかな。とにかく福本さんは嫉妬深いがよ。亀井さんとツヤさんが庭で話をしゆうのを見て、すごい顔でにらんじょった。ツヤさんはあの通りの美貌やき、福本さんはいつもツヤさんに目を光らせちゅう。男が寄ってこんように」

さっき福本たちが居間を出る時に、部屋へ行っているようにとツヤに言った時、妙な感じがしたのはそういう訳があったのか。

福本はほぼ無表情で、厳《いか》つい怖い顔をしている。あの福本が、もっと恐ろしい顔になるのを想像して、浅見は背中がぞくりとした。

「わからないな」

紫堂はちょっと口を尖らせた。

「なにがわからないんだ？」

「だってそうだろう。それじゃあ、なんで下宿人を置くんだ？　そんなにツヤさんが大事なら、俺たちみたいな男どもを一つ屋根の下に住まわせることはないだろう。いくら棟形さんに言われたからって、断ればいいだけの話だ」

「福本さんは棟形さんの言うことに逆らえんみたいなんじゃ。あの顔やき、なにを考えちゅうのかわからんけどな。福本さんがあんなに無愛想なのは、みんなをいやいや下宿させているからなんじゃ。間違いない」

その時、玄関のほうで格子戸が乱暴に開き、激しくなにかが倒れる音がした。なにか喚《わめ》く声も聞こえるが、なんと言っているのかはわからない。

浅見たち三人は、急いで玄関に向かった。

白いワイシャツに蝶ネクタイをした三十歳くらいの男が土間で這いつくばり、肩で息をしていた。そばには泥にまみれ、ひしゃげたブリキの胴乱が転がっている。雨にあたったのか、全身が濡れていた。

「牧野、どうしたがや」

黒崎が慌てて抱き起こした。

「大変だ。大変なんだ……み、水」

牧野は息も絶え絶えで、声も出ないようだった。

「水や。水を持って来てくれ」

浅見は台所に行って湯飲みに水を入れてきた。

牧野は受け取って飲み干すと、「亀井さんが、亀井さんが」と言って泣き崩れた。

「亀井さんがどうしたちや」

黒崎が牧野の肩を摑んで揺すった。

「亀井さんが死んでいます。頭から血を流して……」

5

牧野富太郎《とみたろう》は死人のような顔で、質屋の居間に座り込み、ガタガタと震えていた。黒崎が手拭いで濡れた頭を拭いてやり、水を飲ませた。

牧野が亀井新九郎の遺体を発見した、と慌てふためいて福本質店に飛び込んできたが、浅見たちはにわかには信じられず、取り乱した牧野を囲んで少しの間、呆然としていたのだった。

最初に我に返ったのは黒崎で、とにかく居間まで連れてきて牧野を落ち着かせようとした。

そこへ棟形と福本が庭から戻ってきた。ただならぬ牧野のようすに、「なにがあったがか」と驚いて訊いた。

「亀井さんが平家穴のところで倒れちょったち言《ゆ》うがぜよ」

黒崎が牧野に代わって答えると、牧野はどうにか息を整えて、「し、死んでいた。死んでいたんだ。頭から血を流して」と震える声で答えた。

「駐在さんには言うたのか」

棟形は叱るような調子だった。

牧野が、今気がついたというように、はっとして首を横に振った。

「福本さん、駐在さんに知らせてくれ」

福本は一つうなずくと外へ出て行った。

「ほんで、亀井さんが死んじょったゆうは確かなが？」

牧野は小さく何度もうなずいた。また亀井の死体を発見した時の恐怖を思い出したのか、大きく身震いした。

「あんたはなんであんなところまで行ったがや」

牧野の話では、横倉山で植物採集をする場所は、だいたい決まっているのだが、今日は思うようなものが採れなかったので、いつもは行かない場所に行こうと思った。それで馬鹿試《ばかだめ》しの崖から、ほとんど行ったことのない平家穴のほうへ下りて行ったのだと言う。

「亀井さんは倒れていました。岩に頭をぶつけたらしく、血が流れていて、ちょっと見ただけで大変なことになっているのがわかりました。でも僕は、ひょっとしたら意識を取り戻すかもしれないと思って、呼びかけたり揺すったりしたんですが……。息もしていないようでしたし、脈もないようでした」

牧野は顔を覆って、しくしくと泣き始めた。

「とにかく着替えたほうがええ。そのままじゃ風邪を引いちまう」

黒崎は牧野の腕を取って立たせ居間を出た。

棟形がひどく難しい顔をして腕組みをしている。とても話ができる雰囲気ではないし、なんだかこちらが悪いことでもしたかのように萎縮してしまう。

紫堂とうなずき合って、黙って黒崎たちのあとを追った。

一番左の部屋に、黒崎と牧野が入っていったので、浅見たちも続いて入った。

牧野はぐったりしていたが、少し平静を取り戻したかのように見えた。

「亀井さんはなんでそがなところに行ったがじゃろう」

黒崎が不思議そうに言う。

「平家穴ってどこにあるのですか？　普通は人が行かないところなんですか？」

浅見が訊ねると、牧野は初めて浅見と紫堂の存在に気づいたようで、「あなたがたは」と言った。

「俺は亀井さんの友達だ。下宿が一緒で大学も一緒なんだ。で、こっちが浅見。代言人の卵だ」

「よろしく」と浅見は頭を下げた。

「亀井さんから手紙をもらったんだよ。それで来たんだ。亀井さんは解いて欲しい謎があるって書いてよこしたんだが、なんのことかわかるかい?」

「さあ」

牧野は首をかしげた。

「あなたは緒智村で植物採集をしていたそうですけど、亀井さんはなにをしていたのですか?」

「亀井さんは農学部だけど歴史に興味があって、本当は史学を学びたかったんですよ」

「ええ、それは僕も紫堂から聞きました」

「よくはわからないんですけれど、安徳天皇について調べている、というようなことを言っていました」

牧野は自分の言葉に得心したかのように、「そうか」と言った。

「それで平家穴を見に行ったんだ。そして転んで運悪く岩に頭をぶつけたんだな。僕が家の始末を手伝ってくれ、なんて言わなければ、こんなことにならなかったんだ」

頭を抱えて自分を責める牧野を見るのは辛い。紫堂も苦しげに顔を歪めている。

「牧野さんのせいじゃないよ。手伝いをしていたのは佐川村だし、調べ物をするために緒智に逗留することを決めたのも、亀井さんなんだろう？」

牧野のせいではない、と三人で代わる代わるに言ったが、そんな言葉ではなんの慰めにもならないことはわかっていた。ただ自分たちも、その言葉で自分を慰めていたのだった。

巡査に知らせに行った福本は、なかなか戻ってこなかった。たぶん、一緒に平家穴まで行ったのだろう、という話になった。

「平家穴というのは横倉山にあるのですか？」

浅見は話に出ていた平家穴や、馬鹿試しの崖というのが、さっきから気になって仕方なかった。

「馬鹿試しの崖っていうのも、なんだかすごい名前だよな」

紫堂も気になっていたらしい。

「馬鹿試しの崖は横倉山の山頂付近にあるんです。ずっと昔は玉室《たまむろ》の嶽《たき》と呼ばれていて、天照大神を勧請《かんじょう》したと伝わっています。ものすごい断崖で、あんなところに行くのは馬鹿者だと言われているんです。それで馬鹿かどうかを試す、ということで今では馬鹿試しと呼ばれているんです」

平家穴は馬鹿試しの崖の真下、六十メートルほどのところにあるという。

「というと、そこに行くには崖を下るのか？」と紫堂。

浅見もそう思った。亀井という人が崖にしがみつきながら、じりじりと下りていく姿を思い浮かべた。

「亀井さんは崖を下っている途中で、手か足を滑らせて落ちて亡くなったということか」

「いや。崖の脇に斜面があって、そこもけっこう急なんですが、つづら折れに下りて行くことができるんです。穴のあるところまでは、わりと簡単に行けるんですが、そこで行き止まりなんでだれも行かない。あそこに用がある人なんていないですからね」

「けんど亀井さんは、なんだか知らんが、調べることがあって平家穴まで行ったんだよな」

今まで黙っていた黒崎が口を開いた。しんみりした口調に、だれもが口を閉ざした。

居間のほうで話し声がしたかと思うと、どかどかと足音が近づいてきて、いきなりドアが開いた。

棟形だった。

「牧野さん。ちっくと来てくれ」

棟形は、戸惑っているような怒っているような、なんとも理解しがたい顔をしていた。

牧野が居間に行くあとを、黒崎をはじめとする三人がついて行った。

居間には福本と巡査がいた。やはり二人は亀井の遺体を確認してきたようだ。

巡査は鼻の下に髭こそ生やしているが、まだ若く二十歳そこそこに見えた。小柄でちょっと頼りない感じのする男だった。

「亀井さんの遺体なんて、どこにもなかったそうじゃ」

やはり棟形は怒っていたようで、責めるような言い方だった。

「え、そんな馬鹿な」

「死んじょったなんて、夢でも見たのやないかね」

「ぼ、僕はたしかに……」

「いい年をして草や花を摘んで、遊んでいるような人やき。あんたの言うことなんぞ信用できん。人騒がせにも程がある」

牧野の勘違いだと決めつける棟形に、巡査は気の毒そうにはしていたが、わずかに嘲笑の色も混じっていた。

「困った人やなあ。本官は忙しいんじゃ。おまんの作り話に付き合《お》うちゅう暇はないがよ」

「僕が嘘をついたと言うんですか？　なんのためにそんなことをするんですか。僕はたしかに亀井さんが……息もしてなかったし……」

ほとんど泣きそうだった。

牧野には気の毒だが、見間違いや勘違いならどんなにいいだろう、と浅見も思った。しかし牧野は亀井に呼びかけたり、揺すったりしたというのだから、たしかにそこに亀井はいたのではないだろうか。

「あのう、雨が降っていたのですよね」

浅見が話に割って入ると、全員の注目を浴びたので気後れを感じたが言葉を続けた。

「牧野さんが山から戻った時は全身が濡れていました。この辺は降っていませんでしたけれど、山のほうは雨が降ったのですよね。亀井さんを見つけた時は、雨は降っていましたか？」

「いいえ、降っていませんでした。僕が人を呼ぶために坂を登って、馬鹿試しの崖まで来たところで、ザッとすごい雨が降ったんです」

浅見は棟形と巡査に向き合った。後ろには福本が体を半身《はんみ》にして耳だけを油断なくこちらに向けているようだった。さらにその後ろの部屋の隅には、ツヤが背を伸ばして正座しており、目を伏せて畳の一点を見つめていた。

「亀井さんの頭からは血が流れていたそうですから、牧野さんはそれを見て気が動転してしまって、微弱な生の兆候を見つけられなかったのかもしれません。亀井さんは気を失っていただけだった、あるいは仮死状態だったという可能性が大きいと思います。もし、医療の知識のある人だったら、見逃さなかったのかもしれませんが。それと頭の傷は小さくても出血がひどいと聞きました。血の量を見て牧野さんはなおさら、亀井さんが死んでしまったものと思い込んでしまった。そして人を呼ぶためにその場を離れると激しい雨が降った。亀井さんは直前に牧野さんに呼びかけられたり、揺り動かされたりしていたところに、雨が降るという刺激が重なって目を覚ました。そしてどこかへ行った。そんなところじゃないでしょうか。雨のせいで血の跡も足跡も消えてしまいましたが、亀井さんはそのあたりに今もいるのではないでしょうか」

浅見の話を聞き終えて、巡査は不快そうに鼻で笑った。

「その程度のことは本官だって考えた。やき、念のために付近を探してみたけんど、亀井さんはおらんかった」

「ここに戻ろうとして、足を滑らせて崖から落ちるとか、平家穴に落ちたのではないでしょうか」

すると紫堂を除く全員が笑った。牧野やツヤまでが笑いをかみ殺している。

「平家穴は間違えて落っこちるような穴やないぜよ」

棟形は遠慮なく笑った。

「とにかく、亀井さんは生きているはずですし、山の中で動けなくなっているかもしれません」

「そうじゃな。駐在さん、もうすぐ暗うなるき急いで山を探したほうがええ」

「ほいたら青年団を使《つこ》うて探してみます」

巡査が居間を出たので、「俺たちも行きます」と紫堂が追いかけた。無論、浅見にも異存はない。ここでじっとしてはいられない。

「いや、おまんらはよその土地の人やき足手まといだ」

と巡査は冷たく拒否した。後ろで棟形が福本に、「おまんも行きや」と命令している。

牧野と黒崎はやはり隣村の人間だからだろう、なにも言わずに巡査と福本が出て行くのを見ていた。

6

ツヤは台所で食事の支度をしている。牧野は疲れ切ったようすで座り込み、隣で黒崎がむっつりと黙り込んでいた。

亀井が無事に見つかったという朗報が来るまでは、この重苦しい空気はどうにもならないとわかっている。それでも浅見は、すっかり意気消沈している牧野をなんとか元気づけようとして話し掛けた。

「黒崎さんとは幼なじみだそうですね」

返事をする気力もないのか、ただうなずいただけだった。だが牧野の代わりに、「そうじゃ。よう一緒に遊んだもんじゃ」と黒崎が返事をした。

「遊んだと言うても牧野はいつも植物採集で、俺はそれにくっついて歩いただけなんじゃけんど」

「採った植物を入れるのが、さっきの胴乱なんですね」

「あれは牧野が考案したんじゃ。それを俺が作ったがよ。こう見えても黒崎ブリキ店の跡取りでね。子供の頃から親父に仕込まれたんで、自分で言うのも何だが腕はええがよ」

黒崎が得意げに顎を上げたので、牧野はわずかだが微笑んだ。黒崎ブリキ店では雨樋《あまどい》やお茶などの缶を作っており、最近は寺の雨樋を頼まれ、龍が空を飛んでいる意匠が評判になったという。

「黒崎さんは手先が器用なだけじゃなくて、芸術的な感性もあるんですよ」

牧野は幼なじみの才能が自慢なのだろう。誇らしげだった。ほんの少し頰に赤みも戻ってきた。

「牧野にそう言われると、なんか照れくさいぜよ。なんたってこいつは村の誇りやき」

黒崎が言うには、牧野は小学校を中退してはいるが大変な天才らしく、これまで帝国大学の植物学教室に出入りを許されていたが、来年からは助手になることが決まっているという。

「牧野、あれを見したらどうじゃ？　持ってきちゅうんじゃろう？」

「ああ」と牧野の顔が明るく輝いた。

部屋にあるというので、揃ってそちらに移動する。

牧野は部屋の隅にあった柳行李を開け、紙の束を取り出して浅見たちに渡した。紙束は紙縒《こより》で綴じられている。四年前に自費出版したものの原本だという。

表紙には『日本植物志図篇　第一巻　第一集』とある。そして桜の花らしい絵が描かれていた。

「中も見てください」

開いてみるとどのページも植物の絵が描かれている。

「この絵は僕が描いたんです」

「ええっ」

浅見は驚いて紙束を取り落とすところだった。絵は恐ろしく精緻で繊細だ。花弁の柔らかさ、葉の艶やかさまでも実物そのもの、いや、それ以上の美しさで見る者の胸に迫ってくる。ここに描かれている植物たちの、いったい何がこんなにも感動させるのか、浅見の理解は追いつかなかった。

「僕は植物の愛人なんです。植物のために僕があり、僕のために植物があるんです。たぶん、僕は草木の精なんだと思います」

その言葉を聞いて、牧野の描く植物の絵がなぜこんなにも自分を感動させるのか、その一端を知ったような気がした。牧野は本当に天才かもしれない。

「すごいな」

紫堂も紙束を手に取り嘆息した。

牧野は別の絵を見せ、どこの山にある草かとか、何月頃に花が咲くとかの説明を始めた。

草木の精だと言うだけあって、亀井のことをひととき忘れたように、目を子供のように輝かしていた。

「牧野は横倉山で新種の蘭を発見したんじゃ」

「コオロギに似ているのでコオロギランと名付けました。ほら、これです」

開いたページには花弁が透き通り、ほんのりと赤紫色に染まった可憐な蘭が描かれていた。

どこをどう見ればコオロギなのか、浅見が首をかしげかけた時、紫堂が首を伸ばして覗き込んだ。

「なるほど。たしかにこれはコオロギだ。しかしこれが新種だとわかるなんて、大したものだなあ。俺なんか露草だと言われれば、そうかなと思ってしまう」

大仰に感心する紫堂に、さすがの牧野も困惑ぎみだった。

植物の話をして少し元気を取り戻した牧野だったが、ふっと顔を曇らせた。

「僕はほんの軽い気持ちで言ったんだ。亀井さんが今年の正月は故郷に帰れなかったというので」

「どうして帰れなかったのですか？」

「経済的な事情でした。特に帰らなければならない用もないから、いいんだ、と笑っていましたが。僕は実家を整理するために佐川村に帰るので、手伝ってくれないかと頼んだのです」

駄賃をはずむよ、と言うと亀井は、『実を言うと緒智で調べたいことがあったんだ』と非常に乗り気だったという。

牧野がまた自分を責めているようで、浅見は辛かった。

「緒智村で調べたいことというのは、さっき言っていた安徳天皇のことなんですよね。亀井さんから来た手紙の、解いて欲しい謎というのは、安徳天皇に関することなのでしょうか？」

「さあ、僕は詳しく聞いたわけではないので」

牧野は、「すみません」と頭を下げた。

「牧野は植物のことにしか興味がないがよ」

牧野の背中を叩いて黒崎は笑った。

「亀井さんは東京の下宿から、本を持ってきて欲しいと言っていました。タイトルに安徳天皇と入っているのがありましたよ。ここは平家の落人の村だそうですね。やっぱりその関係で安徳天皇のことを調べていたのでしょうね」

「ああ、そうかもしれんな。なんたってこの村には安徳天皇の御陵墓があるき」

黒崎があまりにもさらりと言うので、浅見は聞き違いかと思った。

「御陵墓というのは……」

浅見が確かめようとした時、どやどやと人の足音やら声やらが聞こえた。

「捜索が終わったみたいやな」

黒崎は素早く立ち上がって部屋を出て行った。牧野と浅見たちもそれに続いた。

居間の前の廊下で、巡査と棟形が立ち話をしている。

「そうか、見つからんかったか」

「明日は空沼《からぬま》のほうまで範囲を広げますよ」

と、巡査は牧野をちらりと見て、「今夜にでもひょっこり帰ってくるかもしれんがな」

と言った。

亀井が見つからなかったことがなにを意味するのか、浅見が考えていると、巡査は人差し指を浅見たちに突きつけて言った。

「おまんらは亀井さんの友達だそうじゃな。一体、なんの用があってこの村に来たがか？」

「亀井さんから遊びに来ないか、と手紙が来たんですよ」

紫堂はそっけなく答えた。巡査の無礼な言い方にカチンときたらしい。

「遊びにだと？　東京からわざわざやって来るらあて、ずいぶんと物好きじゃな」

「ただ遊びに来たわけじゃない。重要な任務を遂行しに来たんだ」

「重要な任務ち、なんじゃ」

「ごく個人的なことなので言えません。ただ俺たちの専門分野にかかわることだと言っておこう」

これで巡査が恐れ入るだろうと思ったのか、紫堂は胸を反らし背の低い巡査を見下ろした。

巡査と紫堂は少しの間にらみ合っていた。

そこへツヤが夕食の膳を持ってやって来た。

巡査は福本と明日の捜索について、簡単に打ち合わせをしたあと、棟形と玄関のほうへ向かいながら、さらに細かく相談をしていた。

「もし怪我がひどかったら、そがに遠くには行けけん思います」

「そうじゃな。どこかで雨宿りをしちゅううちに眠ってしもうた、なんてこともあるかもしれん」

どこそこの祠《ほこら》は調べたかとか、平家穴をもっと奥まで調べるようになどと棟形が指示を出している。

二人は真剣な面持ちで、明日はどのあたりを探すか話し合いながら帰っていった。

浅見は二人の話に耳を澄ませ、帰る後ろ姿を見送った。

亀井が手紙に書いてよこした、「解いて欲しい謎」が、この一件に深く関わっているような気がしてならなかった。

第三章　七人ミサキ

1

棟形が店に戻ると、息子の知正《ともまさ》がまだ仕事をしていた。奉公人はみんな仕事を終え、だれも残っていなかった。がらんとした店で、一人、明日の分の荷の発送先と伝票とを突き合わせているらしい。

棟形は思わず舌打ちをしそうになって、すんでのところでこらえた。

「お帰りなさい」

知正は店に入っていった棟形に頭を下げた。線が細く血色が悪いせいで、いつも自信がなさそうに見える。棟形に似たところがまったくないのも、息子を気に入らない理由の一つだった。

「ああ。遅くまでご苦労じゃな」

「いえ」

そう言って知正は目をしょぼつかせ、伝票の照合に戻った。

今年三十一になる一人息子の知正は、なにかにつけて要領が悪かった。今やっている仕事も、もっと早くに奉公人に命じてやらせればいいのだ。表向きは知正に実権を譲ったことになっているが、内実はあらゆることに棟形が口を出さねばならず、ことあるごとに知正は棟形に意見を求めてくる。商売上の付き合いのことから奉公人同士のいざこざまで、知正が一人で決断できることはほとんどなかった。ただ一つ、知正が自分の考えを曲げようとしないのは、自分の婚姻についてだった。

棟形がどんな良縁を持ってきても、知正は首を縦に振らなかった。妻の敏恵《としえ》が泣いて頼んでも、三十一になるこの年まで嫁を取ろうとしないのだ。

棟形はもう諦めていた。望みは娘の知佳だけだ。知佳が産んだ息子を棟形運送の跡取りにすることは、棟形の中ではもう決まったことだ。婿ももう決めてある。村長の三男、穂《ほ》積達馬《づみたつま》だ。

『あれはいい男じゃ。真面目だし頭もいい。なにより村長の家は、平氏の重臣としてこの地に入り、戦国時代には城を持ってこの辺一帯を治めちょった家系じゃ』

棟形家の娘婿としては、まことにふさわしい。達馬が知佳のことをどう思っているかわからないが、村長は知佳を気に入っている。親の目から見ても知佳は器量がいい部類に入るし、気立てだって悪くない。

「お帰りなさい」

敏恵が棟形の羽織を脱がせ、着替えを手際よく手伝った。すぐに女中に膳を持ってこさせて居間に並べ、知正と知佳を呼びに行った。

敏恵の実家の家系も平家の落人の子孫らしいのだが、かなり前にすっかり没落してしまい、家系図などは残っていないという。だが敏恵の顔を見れば細面で瓜実顔《うりざねがお》、どこか雅《みやび》なところもあって、平家落人の子孫だと言われれば、そうだろうと頷《うなず》けるのだった。

知正と知佳が膳に着き、棟形が箸を取ると食事が始まった。

「今朝、権助《ごんすけ》が火事や言うて騒いだんですよ」

知佳がさっそくお喋りを始めた。棟形に似た二重まぶたの大きな目が愛らしい。

食事中に話をするのは無作法なのだが、棟形は少しも不快ではないし、やめさせようとも思わない。知佳はいるだけで家の中を明るくしてくれるし、知佳の声はいつだって棟形をなごませてくれる。

「じゃき、うち、火事じゃありませんよって言うたがや。すぐにわかったわ。お兄様が台所から燐寸《マッチ》を持っていったのを見ちょったき。きっとゴミを燃やしちゅうんだって。ほいたら権助が、お嬢様はまっこと探偵のようじゃね、って」

「まあ」

と敏恵は驚いたが、すぐに「ほほほ」と笑った。棟形も声を上げて笑った。知正だけは唇の端をほんの少し歪めただけだった。

この明るい娘を嫁に出す、などということができるだろうか。

知佳の結婚を心待ちにしていながら、一方でそんなふうに思うこともある。いざ結婚する段になって、自分は娘を手放すことに耐えられるだろうかと不安になる。そんな時に決まって思うのは、穂積達馬を婿として迎えられないか、ということだ。

二人の結婚は、まだ自分の頭の中だけのことだから、ひどく先走っているのだが、なんとかしてそんなふうに話を持っていけないかと、気がつくと考えているのだった。

商売の手を広げ、棟形運送をもっと大きくすれば、達馬も村長も婿入りを承諾してくれるのではないだろうか。

だが自分の儲けばかりを考えている、と村長に思われてはならない。だからこそ製紙工場建設の提言をしたのだ。「さすがは棟形さんじゃ」となかなか好感触だったのはありがたい。

「……はどこにおるんじゃろね」

考えにふけっていて敏恵の言っていたことを聞いていなかった。

「ん？　なんじゃ」

「亀井さんのことや。明日も捜索するがかえ？」

「ああ、明日は日の出と同時に探すことになっちゅう」

「無事だとええですね」

「うん」

亀井の茫洋《ぼうよう》とした顔を思い出して、棟形は不快になった。相当に優秀な青年のようで、石ヶ谷村では彼に期待を掛けているらしいが、感情を表に出さない不気味なところがあった。

怪我をして倒れていたのに、そのまま姿を消してしまうなど、普通の人間には考えられないことをする。

ひょっとすると、自分の村に帰っているのではないだろうか。

『きっとそうだ』

棟形は自分の考えに心の中でうなずいた。亀井は無事に違いないと結論づけると急に心が軽くなった。

「……ねえ、お父様。そうじゃろう？」

「ん？　ああ、そうじゃな」

なんの話かわからないが、棟形は笑顔で答えた。

2

遅い夕食をとったあと、浅見と紫堂は風呂屋に行った。牧野と黒崎はとても風呂に行く気力がないと言う。

閉店の時間までゆっくりと湯船に漬かり、長旅の疲れを癒やすつもりだったが、亀井のことが気になって少しも疲れが取れた気がしなかった。

風呂屋を出ると大通りはすっかり明かりが消えていた。

提灯《ちょうちん》を下げて歩く足取りは重かった。

「下宿に戻ったら、亀井さんが帰って来てた、なんてことがあったらいいんだがな」

紫堂の声も湿っている。

「亀井さんは、平家穴の前でつまずいて転んだのかな」

「無事だといいが」

「今どこにいるのだろう」

そんなことを話しながら歩いていると、遠くにぽつりと小さな明かりが見えた。それがだんだんと近づいてきた。

明かりは目の前でぴたりと止まった。片手に提灯を、もう片方の手に太い杖を突いた老婆だった。ひどく腰が曲がっていて、夜目にも髪が真っ白だ。白装束で身を包み、首からは大粒の黒い数珠を下げていた。

老婆が顔を上げた。

紫堂が「キャッ」と声を上げて、後ろに飛びすさった。浅見もあやうく声を出すところだった。一瞬だが、老婆の顔が鬼か化け物に見えたのだ。提灯の明かりが、顔を下からぼうっと照らしているので、この世ならざる異形《いぎょう》の者に見えた。しかし落ち着いてよく見ても、まぶたと頬の肉が垂れ下がり深い皺ができている上に、大きなイボが頬と顎にあり、昼間に見たとしてもびっくりするに違いない。

老婆は浅見と紫堂の顔を交互に見た。

ヒュッと音を立てて息を吸い、なにかを言おうとした時、激しく咳き込んだ。

「お婆さん、大丈夫ですか」

浅見は曲がった小さな背中をさすった。

老婆は杖を持った手で乱暴に浅見の手を払った。

「……が五人目じゃ」

「え？　なんですか？」

浅見は聞き返した。

「五人目は東京から来た若い男じゃ」

噛んで含めるように言う声が、まるで呪文かなにかのように、こちらの体に絡みついてくる。

金縛りにあったみたいに浅見は動けなかった。

老婆は浅見を押しのけると去って行った。一足ごとに杖を突き、そのたびに提灯が小さく揺れた。

「なんなんだよ。あの婆さん」

呆気にとられていた紫堂が、我に返ったように吐き捨てた。

「五人目？　なんだそりゃあ」

そして浅見と二人で笑ったが、空回りしたような笑いだった。

老婆の異様な姿に驚かされ、その上意味のわからないことを言われて、少なからず怖《お》じ気《け》づいた者にとっては笑うしかなかった。

3

下宿に戻ると、台所にランプの明かりがついていた。こんな時間までツヤが働いているのかと思ったら、見知らぬ男がお櫃《ひつ》からご飯をよそっていた。

浅見ははじめ、この人が亀井ではないかと思って喜んだ。しかしそれはぬか喜びだった。振り向いた男は大きな丸顔で眼鏡を掛けている。手足が短くずんぐりしていて、頭が異様に大きく見えるのは剛毛のせいなのだろう。

「あなたたちはだれです」

詰問するような声音に、浅見はちょっとひるんだ。しかし紫堂は気にするようすもなく、自分たちは亀井の友人で、ここに下宿することになった、と説明した。

「ああ、そうですか。今日はみんな寝てしまったようですね。亀井さんもこんなに早く寝るのは珍しい。僕は友達の家に行っていたんです。食事は出してもらったのですが、遠慮して少ししか食べなかったので、なんだか腹がすいてしまって。いやあ、お恥ずかしい」

「あのう、亀井さんは帰って来ているんですか？　寝ているんですか？」

思わず浅見の声は弾んだ。

「ええ。部屋が真っ暗でしたから。亀井さんはいつも調べ物をして夜更かしをするんですよ。一人で食べるのはあれなんで、一緒にと思ったのですが、起こすのも可哀想ですから」

「亀井さんは、本当に戻ったのか？」

紫堂は男の肩を摑んで揺すった。その剣幕に、ようやく男も何かが変だと気付いたようだ。

「亀井さんがどうかしたんですか？」

「知らなかったのかい？　亀井さんは平家穴のところで倒れているのが見つかったんだけど、そのまま姿が見えなくなってしまったんだ」

男は飯など食っている場合ではない、とでもいうように茶碗のご飯をお櫃に戻し、ランプを持って離れのほうへ急いだ。

三つ並んだドアの右端を開け、ランプの明かりで中を照らした。

「いない」

部屋の隅には布団が三組たたんで置いてある。もとからあった亀井の分と、福本が浅見たちのために用意してくれた二組だ。亀井の荷物は奥の縁側のそばに、浅見たちの荷物は手前の入り口側に置いてあった。

「どうして亀井さんは倒れていたんですか？」

「それがよくわからないんだ」

三人はなんとなく、そのまま部屋に入って中央に座った。

男は小学校で訓導として働いている池永誠次《せいじ》だと名乗った。小学校の訓導らしく、真面目で誠実そうな男だった。

浅見たちはこれまでのことを話した。牧野が見た時は、頭から血を流していたことや、そのあとに巡査と福本が見に行くと忽然《こつぜん》と消えていたことなどだ。

「青年団が山を捜索したのですが、それでも見つかりませんでした。明日、範囲を広げてもう一度探すそうです」

「平家穴ってどこにあるんですか？」

「えっ、知らないんですか？」

「僕はこの春に赴任してきたんです。緒智で生まれたのですが、五歳の時に家族で東京に引っ越したので」

そういえば黒崎がそんなことを言っていたのを思い出す。

「平家穴は横倉山にあるみたいですよ。そこに落ちたのではないかと言ったら、落ちるような穴じゃないと笑われました。牧野さんが言っていたのですが、亀井さんは安徳天皇のことを調べていたようなんです。それで平家穴のところへ行ったみたいです」

池永は、「ああ」とうなずいた。

「亀井さんが緒智に逗留することにしたのは、安徳天皇のことで調べたいことがあるからだと言ってましたからね。最初はそう言ってました」

「最初は？」

「ええ。亀井さんはなんにでも興味を持つ人で、僕が調べていることも手伝ってくれていたんです。頭のいい人というのは、ああいうものなんでしょうかね。この数日は、面白いことを見つけたと言って目を輝かしていましたよ。僕としては、もっと七人ミサキのことを一緒に調べてもらいたかったんですが」

「七人……なにですか？」

「七人ミサキですよ」

初めて聞く言葉に浅見と紫堂は顔を見合わせた。

「このあたりと、岡山、香川なんかにも伝わる怨霊なんです。その土地土地でいろいろなんですが、だいたい共通しているのは常に七人で行動していて、七人ミサキに出会った者は高熱を出して死んでしまうんです。そうすると七人ミサキの中の一人が成仏して、代わりにその死者が取り込まれるというわけです。そういう怨霊になるのは憤死した人たちとか、不慮の事故で死んだ人たちです。ミサキというのはもともとは神の先触れの意味で、『御先』とか『御前』『御崎』とか書くんですけど、七人ミサキは祟り神の性格を持っているんです」

池永は亀井ともさかんに七人ミサキについて話をしていたという。池永の口はだんだんとなめらかになり、熱を帯びてくる。

高知市近くの西分村《にしぶんむら》というところでは、今から三百年ほど前、長宗我部元親《ちようそかべもとちか》の家臣である吉良親実《きらちかざね》と重臣たちの死後に七人ミサキが発現したという。

親実は元親に家督相続のことで意見をしたために不興を買った。さらに元親に讒言《ざんげん》した者もあって、親実は切腹させられ、重臣たちまでも自害させられた。そのあと、夜の闇に呻《うめ》き声をあげて人馬が駆け回る音がしたり、怪火《かいか》が現れたりした。他にも白馬に乗った首のない侍や鉄棒を持った大入道が現れるなどたくさんの怪異がおこり、それに遭遇した者は命を落としたり、大病にかかったりした。さらには元親に讒言をした久武親直《ひさたけちかなお》には八人の子があったが、そのうちの七人が突然死したり気が触れて死んだりした。

元親はさすがに捨ててはおけなくなり、親実主従を供養することにしたが、その読経の最中に位牌が宙を飛んでいったという。

「飛んでいった、というのはどういうことなのですか？　成仏したということですか？」

浅見は訊いた。

「逆ですよ。こんなことで恨みは収まらない、ということでしょう。僕はこの事件が七人ミサキの大元ではないかと思っています。亀井さんも同じ見解でした。他の村では、海に捨てられた七人の女遍路とか、猪の落とし穴に落ちて死んだ七人の平家の落人とか、実にたくさんあるんです」

「なんで七人なんだ？」

紫堂は納得いかない、というように首をひねった。

「そうなんですよ。いろいろな土地でいろいろな怨霊が出る割に、七という数字だけは変わらない。どうしていつも七人なのか、いくら調べてもわからないんですよ。それで亀井さんが小松《こまつ》さんから本を借りてきましてね。あ、小松さんというのは小松繁守《しげもり》さんといって、小松呉服店の隠居なんですが、とてもいい人で、昔の古い本をたくさん持っていましてね。僕たちに貸してくれるんです。亀井さんはよくいろいろな本を借りていましたよ。その中に中国の古い本で、漢字の成り立ちについて書かれたものがあったんです。その本によると、七という文字はもともと『切る』という意味の言葉でした。形は切腹して内臓が飛び出しているようすだとか、切断した骨の形だとかいう説があるんです。ある言葉を表す適当な漢字がないとき、音が似ている漢字を流用したのですが、もとは『切る』という意味だった『七』を、数字の『七』に転用しているうちにその意味のほうが強くなって、『切る』という意味が失われてしまったんです。それで『切る』という意味を表すときには、『七』にわざわざ『刀』をつけて、『切る』という漢字にしたんです」

浅見と紫堂が同時に、「ほうう」と感心して長い息をはいた。

「いやあ、全部亀井さんから教えてもらったんですがね。あの人は漢文でもなんでもすらすら読んでしまうんですから、すごいですよ。『七』はもともと不吉な漢字だったということはわかったのですが、結局、なぜ七人なのかというのは、さすがの亀井さんもわからない、と言って悔しがっていました。ただ、『七』というのは特殊な呪力を持つ『聖数《せいすう》』なのだろうと言ってましたよ」

浅見には気味が悪いだけで、あまり興味をそそられないが、亀井と池永はそうとうにのめり込んでいたようだ。

「このあたりに出る七人ミサキは平家の落人なんですね。この村は平家落人の村だと聞きましたから」

「それが違うんですよ」

浅見の質問に、池永はいよいよ身を乗り出して語り始めた。

緒智村と高知のいくつかの村では、七人ミサキのカタチが他の地域と少し違うのだという。

「正月に女が死ぬと七人ミサキが始まるんです」

「話の腰を折って悪いんだけど、なんで正月で、女なんですか？」と紫堂。

「それはいろいろな人に訊いたし、調べもしたんですけど、今のところはまだわからないんです。村の老人たちに訊いても、とにかく昔からそういうことになっているんだそうです。正月に女の人が死ぬと男装させて、死んだのは女ではない、ということにするそうです。ところがですよ」

池永は、ぐいと顔を近づけた。ランプの明かりが、本来なら愛嬌のある丸顔を、あくどい狸のように見せていた。

「今年の正月に、布田《ふだ》米店のおかみさんが病気で死んでしまったんです」

店の主人亥三郎《いさぶろう》は婿養子で他の村の出身だった。それで、そんな迷信を信じようとしなかった。妻が死んで悲しみに暮れる中、妻に男物の着物を着せようとした村の者を叱りつけ、無理矢理女の格好で埋葬したという。

妻が死んでふた月後、妻の母親が芋を喉に詰まらせて死んでしまった。村の者たちは亥三郎を責めた。

「相当ひどかったらしいですよ。だれも布田米店で米を買わず、隣村で買うんです。あからさまにおまえのせいだと罵《ののし》った者も、一人や二人じゃなかったそうです。そしてついに、僕が赴任してすぐのことでした。亥三郎は耐えきれなくなって、二歳の息子と一歳にならない娘を道連れに無理心中したのです。村の中は騒然としましたよ。やっぱり本当に七人ミサキが始まってしまったって。それでも明治になったこの時代に、そんなことがあるものか、と言う人もいました。表向きはみんな、自分は近代人だという顔をして信じていないふりをしていますが、内心怖れているのではないかと思います。五人目はだれだろう、なんていう話をこそこそしているのを聞いたことがありますから」

「ええっ」

浅見と紫堂は同時に声を上げた。その声に池永も「わっ」と驚いた。

「なんですか。いったい」

「五人目って」紫堂は後が続かない。浅見がそのあとを引き取った。

「ついさっき、気味の悪いお婆さんが、僕たちに言ったんです。五人目って。五人目は東京から来た若い男だって」

三人は顔を見合わせて口をつぐんだ。部屋の中と外の静けさに呑み込まれそうになる。ランプの明かりの届かない部屋の隅に、なにか不吉なものが潜んでいるような気がする。

「玉延《ぎょくえん》ですね」池永が口を開いた。

「え？」
「そのお婆さんですよ。玉延という村の拝み屋なんです。かんの虫封じや失《う》せ物探し、お
「お祓《はら》いもやります。占いや予言がよく当たると評判みたいです。布田さんのおかみさんが亡くなったあと、一人目はお婆さんのヒサさんだと、予言してみごとに当たりましたからね」
一見、開放的で明るい村に、こんな禍々しい祟りがまるで黒黴《くろかび》のようにはびこっているなんて、亀井はさぞ驚いたことだろう。それで池永と一緒に七人ミサキについて調べることにしたのだろう。

「僕たちは亀井さんから手紙をもらったので、ここに来ているんです。手紙には解いて欲しい謎があるって書いてあったんです。七人ミサキのことでしょうか」

「さあ。七人ミサキが謎といえば、そりゃあ謎だらけですが。おふた方は七人ミサキの祟りについて、なにも知識をお持ちじゃない。失礼ながら、お二人に謎が解けるとは思えない」

「そうだよな」

紫堂が大きくうなずいた。

「俺たちに解けるような謎じゃないよな。それにうまくいったら金になるかもしれない、

なんて書いてあったけど金になりそうな感じじゃないしな」

小説のネタにはなりそうだがね、と浅見は心の中で同意した。

「ここに来る途中、野老山村の農家のご夫婦に会ったのですが、緒智村で祟りが始まったと言ってとても怖がっていました。わざわざ遠回りをして自分たちの村に帰るんですから、近隣の村でもそうとうに怖れられているんですね」

「そんなふうに怖がる人もいるでしょうね」

「五人目って俺たちのことなのか？　俺たちのどっちかが次に死ぬのか？」

紫堂は渋い顔で言った。泣きそうな、情けない声だった。

「東京から来た若い男というのなら、亀井さんだってそうですよ。なんなら僕や牧野さんだって東京から来た、と言えますしね」

池永は慰めるように紫堂の肩を叩いた。

4

布団に入ってもなかなか眠れなかった。紫堂も眠れないようで、さっきから何度も寝返りを打っている。

長い一日だったと思う。

亀井新九郎に会えば、「解いて欲しい謎」がなんなのか、わかると思っていたが、こんなことになってしまい、なんとも宙ぶらりんな気分だ。もちろん亀井が無事かどうか、それが一番気になるところだ。

「東京から来た若い男」が亀井なら、玉延は亀井の死を予言した、あるいは言い当てたということなのか。

浅見は身震いをした。

そんな馬鹿な。七人ミサキかなにか知らないが、祟りで人が死んでたまるものか。

しかし。

「五人目か」

思わず声が出てしまい、口を押さえたが遅かった。

「おまえもそれを考えていたのか」

紫堂はがばりと起き上がって、布団の上に座った。

「俺とおまえとどっちだろうと思うと、とてもじゃないが眠れないよ」

「僕が考えていたのは、そういうことじゃないんだ」

浅見も起き上がった。

「じゃあ、なんだよ」

五人目は亀井ではないか、などと言ったら、それはそれで衝撃を受けるのではないだろうか。明日はもう一度、捜索が入る。それで見つかって欲しいとだれもが願っているのだから。

言っていいものかどうか迷って、別のことを言った。

「祟りなんて、ないって思ったんだ。布田さんという家の出来事は、それは悲惨だけれど、妻とその母親が死んでしまったら、幼い息子と乳飲み子をどうやって育てていこうか、途方にくれるのは普通じゃないか。おまけに二人が死んだのはおまえのせいだ、と村八分にされたんだ。死にたくなる気持ちはわからないではない。だから七人ミサキの祟りなんて、ないと僕は思うよ」

暗闇の中で紫堂の顔は見えないが、浅見がそんなふうに言ったことで、少しは気持ちが楽になったようだ。

「寝よう」と言って布団を被る音が聞こえた。

しばらくして紫堂のいびきが響いてきた。

5

ほとんど寝ていないにもかかわらず、明るくなり始めると、もう目が覚めてしまった。眠っている紫堂を起こさないようにそっと部屋を出て、居間に行くと、牧野と黒崎はとっくに起きていたようで、すでに青年団が捜索に出発したと教えてくれた。棟形がいつもの上座でお茶を飲んでいる。ツヤは台所にいるようだが、福本の姿が見えなかった。

「福本さんも捜索に加わったのですか?」

「ええ、やっぱり自分の家に下宿している人ですからね。気が気ではないのでしょう」

牧野は苦しげに目を伏せた。よそ者は足手まといだと言われたことは、浅見もまだ心にわだかまっている。落ち着かない気持ちのままお茶を飲んだり、「無事でいてくれたらいいが」などと話したりしていた。

時間がたつのがひどく遅く感じられた。

そのうちに池永と紫堂が起きてきた。ツヤが朝食を用意してくれたので全員が食べ始めた。納豆と味噌汁に漬物、という質素な食事のせいばかりでなく、食欲はわかなかった。

棟形も、家族同然の付き合いというだけあって、当たり前のように食事をしている。

池永が学校に出勤していくと、棟形のいる居間がいよいよ息苦しくなって、四人で庭に出た。

日の光の下で見ると牧野の顔は、ひどく青ざめていて憔悴《しょうすい》している。

「棟形さんは、ずいぶん亀井さんのことを心配しているようですね」

浅見は黒崎に訊いた。福本が一生懸命なのはわかるとして、棟形がここまで気にしているのは、ちょっと不思議な気がした。

「あの人はどいてか、俺たちのことをいつも気に掛けちゅうちや。さすがに昨日今日はなにも言うてこんが、いつもは今日はなにをしたんやとか、どんな話をしたんやとか、よう訊いてくる。池永さんなんか、けっこうしつこう訊かれていやがっちょったな」

「どうしてそんなことを訊いてくるのだろう」

「自分も若い気でいて、若者の仲間に入りたいんやないのか」

黒崎は笑った。

散歩するといっても狭い庭であるし、すぐに飽きてしまった。かといって、いつ捜索隊が戻ってくるかわからないので、ここを離れるわけにもいかない。

牧野は、池のそばにある大きな石に寄りかかり、座り込んでぼんやりとしている。

黒崎は浅見の耳のそばでささやいた。

「亀井さんが死んでいると早とちりをしたことで、自分を責めちゅうがよ。あの時にちゃんと救護をしていれば、ってな」

気が動転していたのだから仕方のない事だ。どんなふうに慰めても牧野の気持ちを軽くしてやれることはないだろう。ただ亀井が無事で帰ってくることを待つしかない。

しばらく外の空気を吸ったあと、それぞれが自分たちの部屋に戻った。

部屋に戻ってからは本を手に取ってみたりしたが、やはりなにも頭に入ってこない。なんとも言えない、じりじりとした時間を過ごした。

昼近くになって外が騒がしくなり、浅見たちも行ってみると、棟形が巡査の報告を聞いていた。

その顔色から亀井は見つからなかったことがわかる。

「どこ行っちゃったんだろうな」

紫堂は昨日から、もうなんど言ったかわからない言葉をまた言った。

黒崎も肩を落とし、うなだれている。

「なあ、俺たちで山に行ってみないか。捜索は終わったんだから、邪魔だと言われることもないだろう」

黒崎は力なく首を横に振った。

「すまんが、とてもそんな気力はないぜよ。牧野なんか、寝込んじゅう。それに、山のことをよう知っちゅう青年団が見つけられなかったのに、俺たちが見つけられるとは思えん」

黒崎がとぼとぼと家に入っていくのを見て、浅見と紫堂は顔を見合わせ首を振った。

「じゃあ、二人で行こうぜ」

紫堂はすぐにでも出発するようなそぶりを見せた。

「闇雲に行っても、平家穴にたどり着けないと思うよ。だれかに場所を訊いてから行ったほうがいい」

「そうだな、福本さんに訊こう」

棟形は巡査と一緒に帰ってしまったので、福本の姿を探した。だがどこにもいない。

「福本さんが帰って来たの見たかい？」

「いや、俺は見ていない」

「僕もだ」

「まさか遭難したんじゃないだろうな」

「もしそうなら騒ぎになっているよ」

「主人なら、出かけちゅうよ。帰りは夜遅うになると思います」

庭のほうから回って来たのだろう、ツヤがひょっこりと顔を出して言った。

ツヤがこんな近くに浅見たちのそばに来るのも、話しかけてくるのも初めてだった。かすかに微笑んでいて、見たことのない柔和な顔をしている。

なにやらいい匂いがしてきて、浅見は頰が熱くなりどぎまぎした。

「いやあ、そうですか。それならあなたに教えてもらおうかな」

紫堂は満面の笑みでなれなれしく話しかける。

「なにをやか？」

「平家穴の場所ですよ。俺たちこれから見に行こうと思って」

「ああ、あそこは口で言うてわかるような場所やない」

「それじゃあ、あなた、案内してもらえませんか？」

紫堂のずうずうしさに、なぜか浅見が赤くなる。「よせ」と小声で言って袖を引っ張った。

「うちは、出られんのじゃ。主人の留守を守らんといかんき」

ツヤは悲しそうに目を伏せる。なにもかも夫の言う通りにしなければならないらしい。

「小松さんなら連れて行ってくれますよ。あの人は毎日山に行っちゅうき」

毎日山に行くと聞いて驚いたが、小松という人は日頃、横倉山の山道の手入れなどを無償でやっている慈善家だという。どうやら昨夜、池永が言っていた小松呉服店の隠居らしい。亀井とも親しくしていたようだから、いろいろと話が聞けるだろう。好都合だと思った。

6

ツヤに教えられた小松呉服店は大通りの中ほど、旅館の隣にあった。「小松」と染め抜いた紺暖簾が下がっており、店の前には打ち水がしてあった。

表の格子戸は開け放たれており店の中は暗い。紫堂と二人、少しためらったのち、思い切って店の中に入った。

奥にいた番頭らしき人に声を掛ける。

「浅見と申しますが、御隠居さんにお会いしたいのですが」

「父にどんなご用件やか？」と仕事の手を止め聞き返してきた。

年は四十歳くらいだろうか。知的で小作りな顔をしている。質素な着物を着ていたので番頭かと思ったら、ここの主人らしい。

自己紹介をしたあとに、福本質店のツヤさんから聞いてやって来た旨を告げた。

「申し訳ないのですが、平家穴の場所を教えてはいただけないかと思いまして」

「ああ」と亀井のことに思い当たったようで、眉を曇らせ、奉公人を呼んでなにかを命じた。二十歳くらいの坊主頭の奉公人は「へえ」とうなずいて、店の奥へと姿を消した。

さっきの奉公人が戻ってくると、「ほんなら、こちらへ」と先に立って案内してくれる。

通されたのは八畳ほどの部屋だった。隠居した小松繁守とおぼしき老人が床の間を背に、こちらを向いて座っていた。一目で店にいた主人と親子だというのがわかる。黒っぽい縞木綿の着物で座っている姿は、背筋が伸びていて美しい。実直そうで、そしてどこか上品な感じがする。

「どうぞ」と小松は女中が出してくれた座布団を指す。

浅見たちは「失礼します」と一礼して座った。

「平家穴の場所を知りたいとか」

「ご迷惑でなければ、連れて行ってもらえないでしょうか。福本さんにお願いしようかと思いましたら、どこかにお出かけになったそうで」

「亀井さんのお友達やったね。まだ見つからんとか。私も心配していたんです。ええですよ。どうせ私は暇やき」

そう言って小松は笑った。

「それにしても東京からわざわざおいでになったのに、亀井さんが行方不明とは。お仕事のほうにも差し障りがあるろう」

「え？」

思わず紫堂と顔を見合わせた。紫堂は赤くなって頭を掻いている。巡査に勢いで、「重要な任務の遂行」などと言ってしまったことを後悔しているようだ。昨日の夜に話したことが、もう伝わっていることに驚いた。

「いやあ、実を言うと遊びに来たんです。俺は学生で、亀井さんとは大学も下宿も同じなんです。こっちの浅見は代言人の卵です。亀井さんからもらった手紙には、謎解きを手伝って欲しいなんて書いてありまして。どうやら亀井さんが調べていたことの、手伝いのようです」

「ああ、そうすると安徳天皇の御陵墓についての研究やね」

「やはり御陵墓はあるのですか？」

黒崎が、この村に安徳天皇の御陵墓があると言っていた。そんなはずはないと思ったが、そのあとバタバタしていて詳しく訊くのを忘れていた。

「もちろんや」

小松は微笑んで亀井が調べていたことを教えてくれた。

以前から緒智村に安徳天皇陵があることは知っていた亀井だが、なかなか腰を据えて調べることができなかった。だが、思いがけず友達が滞在費用を出してくれると言うので、ゆっくりできると喜んでいたという。友達というのは牧野のことだろう。

「しかし安徳天皇の御陵墓とは……」

「信じられませんか」

「そういうわけではないのですが」

紫堂を見ると、紫堂のほうも浅見を見ていた。神戸に向かう汽車の中で、安徳帝の墓の話をしたのを思い出した。あれは『臥遊奇談』の中にあった『琵琶秘曲泣幽霊《びわのひきょくゆうれいをなかしむ》』というものだった。琵琶法師の芳一が御陵の前で琵琶を弾き『平家物語』を語った、とあったが子供向けの物語でいい加減なものだと断じたのだ。あれは、赤間関の阿弥陀寺だったはずだ。

「ということは、ご遺体があるということですか？」

「もちろんです」

「しかし、あの……」

小松は煙草盆を引き寄せた。どうですか、というようにこちらに向かって小首をかしげる。

浅見と紫堂は顔の前で手を振って遠慮した。庭から吹いてくる微風の中に、百合の香りが混じっている。小松はゆうゆうと一服つけると、煙管《キセル》の灰を落とした。

女中が茶菓を持ってきて、浅見たちの前に置く。女中がいなくなると小松は口を開いた。

「言いたいことはわかります。どこの御陵墓の話を聞いたがや？　赤間関なが？　それとも対馬の御陵墓なが？」

「聞いたというか、『臥遊奇談』という物語の中に赤間関の御陵の前で、琵琶法師が『平家物語』を語る場面が出てきます。そこは安徳天皇のお墓だ、と書いてありました」

「ああ、あれか。あれはたしか天明のはじめの頃に書かれたものやったね。この村に伝わっちゅう話は、それよりもさらに古いものや」

小松は少し胸を張って、緒智村に伝わる『先達野《せんだちの》の耳なし地蔵』の話をした。話の筋は『琵琶秘曲泣幽霊』とほぼ同じだが、法師の名前が芳一ではなく城了《じようりよう》であり、体にお経を書いたのではなく加持の香水《こうずい》を体に塗ったというものだった。そして耳に塗る分が足りなかったので、両方の耳たぶが根元から千切れてなくなっていたという。城了はその後、数年して横倉寺で亡くなった。亡骸は寺の北、先達野に葬り、墓の上には耳のない地蔵を祀って供養した。

「安徳天皇の御陵墓と宮内省が認定したものは、全国に五か所あるけんど……」

「ええっ。そんなにあるんですか」

紫堂が突然、大声で叫んだ。叫びたくなる気持ちはよくわかる。安徳天皇は一人だ。にもかかわらず全国に何か所も墓があるなんて、だれもおかしいと思わないのだろうか。

「宮内省が認めちょらんものはもっとあるんじゃ。青森から鹿児島まで四十六か所や。明治十六年に三か所が宮内省に御陵見込地に指定されました。そのあと御陵伝説地と名称が変わり、熊本にある陵墓が加わりました。そして明治二十二年には赤間宮境内御影堂を安徳天皇陵としたのや」

小松は苦しそうな表情を浮かべた。

「あのう、どうかしたのですか」

「いや。実に残念なことや。阿弥陀寺の御陵は伝説地ではのうて、安徳天皇陵とされました。それは歴代天皇の陵墓に不明のものがあっては、列国に対して信を失うと主張する伊《い》藤博文《とうひろぶみ》公によって、すべての陵墓はなかば無理矢理なんらかの陵墓に決定したからや。馬鹿馬鹿しい限りや。あそこが御陵墓であるわけがないんや」

ずっと穏やかに話をしていた小松だったが、わずかに感情的になった。

だが、阿弥陀寺の陵墓が本物でないと言うなら、緒智村にあるものも本物ではないという気がする。緒智村だけでなく、ほかの場所にある陵墓だって、言ってしまえば偽物ではないのか。

「こんなこと言っちゃ悪いんですがね。あそこのが偽物だとか、ここのは本物だとか、そんなこと言ってみてもしょうがないんじゃないですか？　安徳天皇は壇ノ浦で入水して、遺体は上がらなかったんでしょう？」

渋い顔で紫堂は言い、「全部偽物でしょ」と小声で付け加えた。

紫堂の言う通りだ。『吾妻鏡』にも、「但し先帝は終に浮かばしめ給はず」と書いてあった。亀井の持っていた本の中にあったが、その部分の附紙《つけがみ》には、「鎌倉幕府による記録・信憑性・高い」というメモ書きがあったはずだ。

「世の中の大半の人は、そう思うちゅうやろうが……」

「いや、みんな思ってますよ。『平家物語』にだって安徳天皇の遺体が上がったとか、書いてないでしょう？」

「内田さんとおっしゃいましたかな。『平家物語』は後《のち》の世に書かれた物語やき。面白う読めるように脚色されちょったはずや。けんど、赤間関にご遺体が打ち上げられた、という言い伝えがあるのや」

「それでは阿弥陀寺の御陵墓には、安徳天皇の御遺骸があるということですか？」

浅見は意外に思って訊いた。

「定かではありませんが、遺骸は打ち上げられたかもしれん。けれどもその遺骸は安徳天皇であるはずがないのや。なぜなら」

小松はお茶を手に取って喉を潤した。

「なぜなら、安徳天皇は壇ノ浦には行っちょらんきに」

浅見と紫堂は少しのあいだ、言葉を忘れた。

「いやいや。『平家物語』は脚色されていたかもしれませんが、安徳天皇が壇ノ浦に行った、というか平家に無理矢理連れて行かれたのは間違いないでしょう」

紫堂が半分笑いながら言う。決して馬鹿にしている訳ではなく、浅見同様、自分の「常識」に自信が持てなくなっているからだと思う。それほど小松の言い方には、静かでありながら揺るがない自信があった。

「平家が倶利伽羅《くりから》峠の戦いで木曽義仲《きそよしなか》に破れたあと、安徳天皇を擁《よう》して都落ちをしたのはご存じですかな」

浅見はうなずき、紫堂も記憶を確かめるように小さくうなずいた。

「一度は九州の太宰府まで逃れたけんど、義仲の不手際で源氏の軍勢の勢いが衰えちょった頃、平家は讃岐《さぬき》の屋島に行宮《あんぐう》を置きます」

その後、水島の戦いに勝利したが、翌年以降一ノ谷の合戦、屋島の戦いで敗れ、平家は海上を長門《ながと》に逃れた。

「そこが、平家の最後の戦いの場所となる壇ノ浦なんですよね」と浅見。

「そうじゃ」

小松はなぜか目をキラリと光らせた。

「一般的には壇ノ浦で安徳天皇は入水したとされちゅう」

「一般的には？」

「そうじゃ。けんど、屋島の戦いで平家が敗れたあと、実は平家の軍勢は二手に分かれたのや」

一方は長門を目指し、もう一方は屋島から阿波国の山奥へと逃れた。

「阿波国の山城谷に二か月間ほど滞在したあと、しばらくの間、祖谷《いや》に行在所《あんざいしょ》を営んじょった。その後は平家再興の志とともに、体の弱い幼帝を安《やす》んずる場所を求めて山中を二年ほどさまよい歩きました。祖谷を出発したあとは土佐の上韮生村《かみにろうむら》の山中、御在所山《ございしょやま》、本川《ほんがわ》村《むら》、稲叢山《いなむらやま》へと移り住みました。稲叢山を出たあと大森川に出て礫滝《つぶてたき》洞窟にしばらくとどまったけんど、ここでは大変な食糧難に陥り五十八人が餓死したと伝わっちゅう。今も

小さなお社がそこにありますよ。そのあと椿山、別府山、別枝都と居を変えます。そし
てついに横倉山と定めてここに行宮を御造営したのや。決め手となったのは地の利もさる
ことながら、修験道の先達《せんだつ》、別府親子が天皇を迎え奉ることを誓い、近隣の有力者も食料
や資材の奉献を約束したからや」

小松は冷めてしまったであろうお茶をゆっくりと飲んだ。

なにも言わない浅見と紫堂の顔を、少しのあいだ、眺めていたが、「そうじゃ、資料を
お見せしましょう」と言って立ってどこかへ行った。

浅見たちの顔に疑いの色を見たので、証拠の資料を見せるつもりらしい。小松の話を嘘
だと断じるつもりは決してないのだが、そう簡単に信じて納得できるようなことではない。

「眉唾だな」という紫堂の言葉に浅見も同意せざるを得なかった。

戻ってきた小松は、木箱の中から古びた紙の束を取り出した。

「残念なことに、ここにあるがは、ほとんどが写本なんじゃ。亀井さんにお貸しした本や。
あの人はさすがに村の期待を背負うて帝大に入った人だけあって、すごい秀才じゃのお。
あっという間に読んでしもうた。先日返してもろうたところなんや」

『横倉山確証記』『片岡物語』『横倉山中見聞記録』など見たことも聞いたこともない書名
が並んでいた。

「この『横倉山確証記』は平知盛から四代目の平種盛《たねもり》が書いたものや。安徳帝がお姿を変えて、四国の山中をさ迷い横倉山に落ち着くまでが書かれちゅう。さあ、どうぞ」

と目の前に積んだ。浅見は仕方なく一冊を手に取って開いてみたが、それは漢文で書かれたものだった。ところどころに附紙があったので、さっき小松が語ったことの証左となることが書かれているのだろうが、中身を読み取るには時間がかかりそうだ。

「これは失礼。年を取ると気が短くなっていかん。あとで店の者に届けさせるき、ゆっくり読んでください」

浅見は、「ありがとうございます」とは言ったが、それほど興味を惹かれなかった。

「この本だけではなく、安徳天皇が四国を密かに行幸された、つまり安徳天皇四国潜幸説を裏付けるものはたくさんあるがよ」

「あのう、それでは長門に向かった安徳天皇は替え玉だったということですか？」

浅見の問いに、小松は重々しく答えた。

「その通りじゃ。考えてもご覧なさい。もし壇ノ浦におった安徳天皇が本物やったら、だれが海の底に沈められますか。そんな畏れおおいことができるわけがない。赤間関で本当に遺体は上がったかもしれん。けんどそれは安徳天皇のご遺体ではなかった。身替わりやったんじゃ」

小松はふっと息をはいて、少しの間、目を閉じた。

安徳天皇が従臣たちと一緒に、四国の山中を落ちのびた軌跡を、胸の中で反芻《はんすう》しているような気がした。

「いやあ、長々としゃべってしもうた。退屈やったろう。亀井さんとはこんな話ばかりをしちょった。私が本を貸してあげたき、亀井さんも面白い本を持っちゅうから、貸してくれるち約束しちょったんじゃ」

「あっ、それ、僕たち持ってきているかもしれません。亀井さんの部屋から本を持ってきて欲しいって、頼まれたのです」

「そうですか。それは楽しみや。亀井さんはいずれ、全国にある安徳天皇陵をすべて回って、どれが本物か自分が結論を出すんや、言うてました。大学を卒業したら、仕事のかたわらにそれを一生の趣味としてやっていくんじゃ、とそれは目をきらきらさして……。はやく見つかって欲しいもんやのお。私らがひょいと見つけてしまう、なんてことがあったらええのやけんど」

小松は力なく笑って立ち上がり、支度をしてくる、と言って部屋を出て行った。

「安徳天皇の墓がここにあるなんて……。どう思う?」

紫堂が腕組みをして訊く。

「だんだん、本当じゃないかという気がしてきた」

「俺もだ。だけどな、亀井さんが言っていた解いて欲しい謎ってこれのことか？　そんなわけないよな。どれが本物の安徳天皇陵か、なんてわかるわけがない。それに謎を解いたところで、金になりそうな感じはしない」

紫堂は腕組みを解いて、「小説のネタになりそうではあるがな」と言った。

第四章　横倉山

1

「お待たせしました」

小松は紺の作務衣《さむえ》に着替えて戻ってきた。この作務衣も、着古したものだ。だが、さすがに呉服屋の主人だっただけあって、古びてはいても決してみすぼらしくはなく、むしろ体になじんで小松という人の清廉さを表しているように思った。

両手に手桶と菊の花を持っている。

「ご案内する前に、すまんが墓に寄らせてもらいます」

突然やって来て頼み事をしたにもかかわらず、そんなふうに丁寧に断りを入れられ、かえって恐縮してしまった。

小松呉服店を出て、大通りを西に行くとすぐに川に行き当たった。川の名前を訊くと坂《さこ》折川《おりがわ》だと言う。仁淀川の支流らしい。

川を渡り遠くに目を遣《や》ると、紫堂の帽子と同じ形の山が見えた。帽子のつばに手をかけて山を見ていた紫堂と目が合い、笑い合った。山の緑があまりにも濃くて、草木が空気を緑色に染めているような錯覚に陥る。

目に鮮やかな若い緑色の田んぼを見ながら、山沿いを進むと仁淀川に出た。

小松は山側の道に入りかけて、「こっちに寄り道させてください」と言った。

短い坂道を上ると墓地があり、小松家の墓の前まで来ると、墓石に水をかけ花を手向けた。手を合わせる小松の後ろで、浅見たちも手を合わせ頭《こうべ》をたれた。

「ひょっとして小松さんは、平家落人の子孫なのではありませんか？」

浅見は小松が立ち上がると訊ねた。小松は少し驚いたようだったが、「わかりますか」と答えた。

「ええ、ここは平家落人の村だと聞いていましたし、小松さんの話し方や立ち居振る舞いがとても雅やかといいますか、もの柔らかといいますか品がある感じがしましたので」

とは言っても知盛の子孫だと言っていた棟形には、そんな感じはせず、むしろがさつな人という印象だったが。

「ここに眠っておられるのはご先祖である、平家の落人なんですね」

浅見は「小松家之墓」と刻まれた石碑を改めて見て、数百年前の小松の先祖に思いを馳せた。

「いいえ、違いますよ」

「え？」

「私の先祖である平家の落人の墓は平家谷にあるんじゃ。源氏に追われていた頃は、そこに隠れ住んでいました。けんど時代が下って隠れる必要がのうなると、だんだんと里に下りてきました。やっぱり不便やき。特に安徳天皇が崩御され、付き従ってきた重臣たちが亡《の》うなると平家谷に隠れ住む理由もないですき。あとでご案内しますよ」

小松は柄杓《ひしやく》の入った手桶を持ち上げた。

「では行きましょう」

近くの草むらに手桶を置いたのは、帰りに持って帰るつもりなのだろう。

ふと見ると立派な墓がある。一段高いところにあり、数段の石段と石柱を並べた二重の柵に囲まれ、墓石はさらに高いところから、あたりを見下ろすような位置にある。

浅見は思わず、「立派なお墓ですね」と声を上げた。墓碑に刻まれた文字は「棟形家之墓」と読めた。

「棟形運送の棟形さんのお墓ですか?」

「そうじゃ」

小松は意外なほど不快感を露《あら》わにし、くるりと背を向けて墓地を出た。

浅見たちは慌ててあとを追った。紫堂と二人、顔を見合わせて肩をすくめた。

墓地を出て細い山道を行く。視界が開け、遠くにも近くにも折り重なる山々が眼前いっぱいに広がる。山の間を縫うように蛇行する仁淀川が見える。浅見が「仁淀川が綺麗だ」と思わず声に出すと、先を行く小松が振り返って微笑んだ。

墓地のところで見せた表情は見間違いだったかと思うほど、小松の微笑みは最初の印象どおりの温和な人格者だった。

道は次第に細く傾斜が急になっていき、両側の杉木立が影を作ってわずかに涼しくなっていく。頭上で鳥の声が響き、足もとにはフタリシズカの花がひっそりと咲いている。

一時間ほど歩くと古色蒼然とした鳥居の前に来た。額束《がくづか》には御嶽神社と書いてある。笠木にも柱にも苔《こけ》が生え、足もとにはシダが茂っていた。鳥居の向こうの薄暗い石段が、なにか別の世界への入り口のような静謐さに満ちていた。

小松の説明では、御嶽神社は平知盛が安徳天皇を御祭神として祀ったことが始まりだそうだ。

うっかり聞き流しそうになったが、棟形が言っていたように、知盛がこの地に来たことは、村人の間では自明のことらしい。

「足もとは大丈夫ですか？　苔で滑るき気いつけて」

見れば小松は、歩きやすそうな地下足袋を履いていた。浅見は履き慣れた革靴だが、紫堂は下駄だった。もっとも年中下駄を履いている紫堂なら、このくらいの山道はどうということもないはずだ。

「大丈夫です」

予想通り紫堂は胸を張って大声で答えた。

苔むした急な石段を上がって、山道をかなり歩いたあとようやく御嶽神社に着いた。意外にも小さなお社だった。ここも小松がやっているのか、まわりはきれいに掃き清められていて、水と塩がお供えしてある。

「平家穴に行く前に、そこでちっくと休んでいきましょう」

白っぽい巨大な岩がゴツゴツと空に向かって突き出ている。そこが馬鹿試しの崖だという。

「すごい岩ですね」

「石灰岩や。ここがずっと昔に海の底やったなんて、信じられんのお」

「そうすると平家穴というのは鍾乳洞ですか？」

石灰岩が雨水によって浸食され、鍾乳洞になると聞いたことがある。浅見は子供の頃に、多摩川の上流の鍾乳洞に入った時のことを思い出した。父に連れられ、兄とお雪も一緒だった。

暗く湿っていて、奇妙な岩がそこここにあり、澄んだ水が流れていた。鎌倉時代に修験道の行場《ぎょうば》となった場所だったという。案内の男が、「ここは地獄谷、そこの岩は獅子岩」などと説明するので、浅見は怖くなって泣いたのだ。すると父と兄は笑った。しかしお雪は「怖いのは坊っちゃまだけじゃありませんよ。私も怖いです」と言って抱きしめてくれたのだった。

「鍾乳洞のような感じやないですよ。地殻変動で岩が崩れて洞窟になったのやないかと思います。素人考えやけど」

小松がもう少し先に行くと景色がいい、というので足場の悪い岩の上を平衡《バランス》を取りながら進む。

途中まではなんとか立って行けたが、先に進むにつれて立っていられなくなる。なぜなら岩の向こうに奈落があることが、ここからでもわかるからだ。遥か遠くに折り重なる山の峰が、青くけぶって視界の端に見えている。たぶん絶景に違いないのだが、その景色を楽しむ余裕はなかった。腹に力を入れていても、恐怖が這い上がってくる。

「もう一つ向こうの岩が馬鹿試しの先端や」

浅見がへっぴり腰でじりじり進んでいると、後ろで小松が教えてくれた。からかっているようにも聞こえる。もう一つ先の岩まで行けば、下を覗けるのかもしれないが、浅見は自分が馬鹿じゃなかったことがわかってほっとした。

「まさか紫堂、行かないだろうな」

下駄履きの紫堂は案外平気で岩の上に立っている。首を伸ばして崖の先を見ていたが、「やめておこう」と言った。

「お二人とも馬鹿やのうてよかった。こっちで休みませんか」

小松はふかしたサツマイモを持ってきたようで、竹皮を開いて差し出した。

三人は崖のほうを向き、岩の上に並んで座った。サツマイモで腹を満たしたあとに、今度は饅頭を手渡してくれた。至れり尽くせりの心遣いに恐縮するばかりだった。

饅頭の甘さが、慣れない山歩きの疲れを癒やしてくれる。遠くの重なり合う山稜を、今度はゆっくりと見ることができた。深呼吸をして美しい景色を堪能した。しばらくの間、無言で澄んだ山の空気を味わっていたが、小松が静かに話し出した。

「昔、そこから落ちた子供がおってな。幸い岩の端に手が掛かって、ぶら下がる格好になった。一緒にいた友だちが引き上げてやろうとしたけんど、結局力尽きて落ちてしもうたのや。けんど、うまい具合に途中の岩に引っかかって自力で這い上がってきた。手も足もひどい傷を負っていて、特に頭からはどくどくと血がながれちょったそうじゃ。よう助かったもんやと村中の噂になっちょった」

崖から落ちた子供は、ひょっとすると小松の友だちだったのだろうか。そう訊ねると、そうではなく小松よりもかなり年上の庄屋の息子だという。腕白で有名だったのだそうだ。

「数年前まで村長をやっちょったが、勇退した数か月後に眠るように亡くなったんや。あっぱれな人生だとみんなが褒めそやしたもんです」

「面白い話ですね。ちょっとメモさせてもらいます」

紫堂は懐から紙と矢立を出して、なにやら書き付けている。

「彼は文士を目指しているんです」

と浅見は小松に耳打ちした。

次はいよいよ平家穴に案内するというので、馬鹿試しを離れ、つづら折れの細い道を下った。

かなりの距離を経て平らな足場に下り立った。それほど広くもないのだが、かといって、そこが断崖の中腹だという恐怖を感じる狭さでもない。山側には馬鹿試しの崖と同じ岩石が、ごつごつと露出していた。

見上げれば、百メートルほども上にある岸壁の突端が、まるで水泳の飛び込み板のように突き出ていた。小松が教えてくれた馬鹿試しの先端がそこなのだろう。下から見ても背筋にぞっと怖気《おぞけ》が走る。

「ここが平家穴や」

小松にそう言われて初めて、山側の岩に縦に大きな亀裂があることに気づいた。人一人がようやく通れるほどの大きさだ。

「これ、深さはどのくらいあるのですか？」

覗いてみると足場になりそうな岩があるが、その向こうは暗くてよく見えない。

「私は入ったことがないがやき知らんが、聞いた話では入り口は真下にずいぶんと下がっちょって、そのあとは十二メートルほど下り坂になっちゅうそうじゃ。幅は二メートルくらいだが、奥のほうはもっと広くて四メートルはあるそうじゃ。源氏の追っ手が襲来した時に、安徳天皇の避難場所にされたと伝わっちゅう。正面からは穴があるのがわからんき。ここから刀剣や槍や銅鏡が見つかったそうじゃ」

小松は難しい顔をして低く唸《うな》った。

「私は亀井さんに話したかもしれんな」

「なにをですか？」

「平家穴からそういった宝物《ほうもつ》が見つかったことをや。亀井さんはまだ宝があるかもしれん思うて、探しに来たのやないやろか。そして石につまずいて……」

平家穴の前は、さほど足場は悪くない。足腰の弱った老人ならともかく、亀井のような若者がつまずいて転ぶだろうか。

「亀井さんはお金に困っちょりました。村人の総意で大学に行かせてもろうてはいるけんど、村も貧しいので生活費は自分で稼がんとならず、学校が終わってからいろいろな仕事をしちょったそうじゃ。牧野さんには、故郷に帰っておらんのは今年だけ、というように言いよったそうじゃが、本当は東京に出てからは一度も帰郷しておらんがです。牧野さんがお金を出してくれる言うがやき、帰郷のついでに、などと言うたけんど、故郷には帰れんちゅうことでした」

「それはどうしてですか？」

「村の人も、十分なお金を送っちょらんのはわかっちょったき、亀井さんはどこから旅費を工面したがじゃろう、と詮索されるのが嫌だったんじゃろな」

「そうか……」

紫堂はがっくりと肩を落とした。

「俺はちっとも知らなかったよ。亀井さんがそんなに困っていたなんて。いつも夜遅くに帰って来ていたのは仕事をしていたからなのか」

やはり平家穴に宝を探しに入ったのではないか、と紫堂は言う。

「宝があるかもしれないと聞いたら、入ってみたくなるよな。俺だってそう思った」

「え、そんなこと考えてたのか」

「せっかくだから入ってみませんか」

「いやいや、やめましょう。宝なんてもうないがやき。そがに広い洞窟やないき。なにも残っちょらんのはわかりきっちゅう」

小松は手を振って苦笑いをしている。それでも紫堂はなおも、ちょっとだけでいいから、などと頼み込んでいる。

「明かりがないがですき無理や」という小松の言葉でようやく諦めたのだった。

平家穴があるところは、広くはないが平らな足場があり、間違っても前側の崖に転落するような感じではない。やはり亀井は、一度は気を失ったが、たぶん雨に降られたおかげで気がつき、元来た道を戻ったのではないかと思われた。

小松と三人で、つづら折れの道を再び上り山の上に戻った。このあとは、安徳天皇の御陵墓に案内してくれるというので小松のあとに続いて歩く。

御嶽神社からそれほど遠くないところに御陵墓はあった。

「この先です」と小松が指さすほうを見上げれば、杉の木に両側を守られるようにして続く苔むした石段があった。その長さに圧倒されて、浅見は大きく息をついた。決して急ではないが、長く長く緩やかに続く石段だ。その先には鳥居と玉垣があるようだった。

あと少しというところで、小松が立ち止まった。

「先客があるようや」

そう言った顔は柔和な微笑みをたたえていた。

なるほど御陵の前には、訓導、池永が引率してきた十数人の小学生がいた。池永は天皇陵の説明を子供たちにしていた。

「ここは安徳天皇の御陵墓だと言われてますが、安徳天皇は源平の合戦の、壇ノ浦の戦いで崩御されました。ですからここが御陵墓だというのは嘘なんです」

訓導の話を疑うはずもなく、子供たちは素直にうなずいている。

浅見が気になって振り向くと、小松の顔は怒りで蒼白になっていた。

池永は浅見たちに気がついて軽く頭を下げた。だが小松の怒りには気がつかないようで、子供たちと楽しげに語り合いながら石段を下って行った。

それを見送る小松の目が恐ろしくて、浅見は思わず息を呑んだ。冷たい怒りに燃える目だった。だが振り向いた時には怒りを隠し、ぎこちなく微笑んでいた。

「都会の人はなんでも合理的に考えますね。池永さんは、新しい世の中になったがやき、迷信なんか信じん近代人にならんといかん言うとりましたけんど、この村にはそぐわない。現に理屈で割り切れんものがたくさんあるがやき。それにここは間違いなく安徳天皇の御陵墓なんじゃ。子供たちにああいうことを言うがは、いただけない」

小松の気持ちはわかるが、池永の考えもわかる。特に発展めざましい東京で暮らした人間にとっては、この村の暮らしが前近代的なものに思えるのも仕方ないことだった。子供たちには今の時代にふさわしい人になってもらいたい、と思っているのだろう。

「明治十五年。久邇宮朝彦《くにのみやあさひこ》親王殿下にご覧いただくために十握《とつか》の宝剣、九穴《くけつ》の鰒《あわび》、六花《ろっか》形《がた》湖《こ》州《しゅう》古《こ》鏡《きょう》などを高知まで運びました。道路に馬糞があったき、穢《けが》れを怖れて私は仁淀川で運ぶことを提案しました」

「小松さんが運んだのですか?」

「そうじゃ。そのかいあってここは翌年、正式に宮内省より御陵伝説地に指定されました」

小松は誇らしげに胸を張って御陵墓を見渡した。

「そうだったんですか。それ以来ずっとこの御陵墓だけじゃなく、山全体を管理されていたんですね」

「いやあ、管理なんてそんな。ただやりたいからやっちゅうだけじゃ。安徳天皇の従臣の子孫としてはあたりまえのことや」

浅見はちらりと紫堂を見た、紫堂も目配せを送ってくる。目の前の陵墓に安徳天皇が眠っている、とほとんど信じかけていた。だが、小松が平家の落人の子孫であるのはいいとして、その落人が安徳天皇に付き従ってきた家臣である、というのがやはり信じられない。ここまで逃げのびて来た小松の先祖の一行に、安徳天皇がいたのかいなかったのか。御陵伝説地を前にしても、やはりいなかったとしか思えない。

広々とした御陵墓には背の高い木がまばらに生えていて、そこへ薄日が差し小鳥が囀《さえず》っていた。静かで清浄で、神聖な場所であることは間違いない。そこに眠っているお方がだれであろうと。

二重に回された玉垣を見て、さっき墓地で見た立派な墓を思い出した。

「あのお墓に形が似ていますね。棟形さんは御陵墓の形に倣《なら》ったのでしょうか？」

「去年建てたんじゃ。村中の人が仰天しちゅう。畏れおおくもこの御陵墓に似せて先祖代々の墓を作るらあて」

小松は憤懣《ふんまん》やるかたない、といったふうで首を横に振った。

「では行きましょうか。仮の御所を造営した場所をご案内しますよ」

長い石段を今度は下っていく。

先を行く小松に聞こえないように、紫堂は言った。

「おまえ、信じてしまったんじゃないだろうな。安徳天皇がここに眠っているって」

「正直に言うとちょっと、信じてしまったよ」

紫堂は意地の悪い笑みを浮かべて、浅見の肩をたたいた。

小松は時々立ち止まって、この湧き水は安徳水と呼ばれていて、天皇に供御《くご》せられた水だとか、ここには二十五軒の武家屋敷があった場所です、などと説明する。

「このあたりは蹴鞠をしたき『鞠《まり》ヶ《が》奈路《なろ》』と呼ばれちゅう」

「奈路というのはどういう意味ですか？」

「こがな山の中の緩やかな傾斜地を奈路言います。御衣《おんぞ》を召し替えた『更衣ヶ奈路』なんていう地名もあります。ほかにも天皇の御手を引いて導いた『手引《てびき》』とか『都』なんていうのもあるんです。そがなふうに安徳天皇の御潜幸《ごせんこう》にちなんだ地名はまっことたくさんあるんじゃ」

こんなふうに日本全国に、平家の落人の伝説とともにその縁《ゆかり》の地名があるのだろう、と浅見は思いを馳せた。

「ひょっとして、仁淀川という名は京都の淀川に見立てているんですか？」

小松は嬉しそうに、「そうかもしれんね」と笑った。

両側の木は樹齢を重ねて太く、頭上を枝が覆っている。だが、少しも陰鬱な感じはなく、むしろすがすがしい気さえする山道だった。

行在所の跡だという場所は、一層高い木が林立し、下草も鬱蒼と茂っている。

奥には家臣たちの墓があるというので見に行った。驚いたことに墓石はただの石ころにしか見えなかった。人の頭より、一回り大きいくらいだろうか。だが苔に覆われた石をよく見ると、手前が平らに削られていてお供え物などが置ける形になっている。そんな石がいくつも草むらの中にあるのだった。

「ずいぶん質素な墓石ですね」

浅見は不思議に思って訊いた。いくら家来のものでも、気の毒なくらい慎ましいお墓だった。

「平清盛の遺言は、堂や塔を建てて供養するな。頼朝《よりとも》の首を持って来て供えよ、というものやった。やき、家臣の墓はみんな、こがに質素なんや」

小松はどこか誇らしげであり、棟形の墓を思い出しているのか薄く皮肉な笑みを浮かべていた。

しばらく山道を下り、ほとんど里に近くなったところにその墓はあった。山を切り開いて作った場所なのか、ひどく狭苦しいところだ。

「こっちが平知盛の墓で、そっちが平有盛《ありもり》の墓や。ご存じじゃろうが知盛は清盛の四男で、有盛は清盛の嫡男の息子になる。叔父、甥の関係じゃのお」

「墓碑銘もないのにどうしてわかるんですか？」

紫堂は口を尖らせて訊いた。

「言い伝えじゃのお。私も親から教えられました。有盛の通称は小松の少将やった」

「えっ、まさか、というか……」

紫堂は大きく目を剝いた。

「ははは。私の先祖は平有盛と伝わっています。もっともうちは分家でして。本家のほうは江戸時代に途絶えてしまいました」

知盛の墓も有盛の墓も、行在所にあった家臣の墓と同じくただの石ころだった。ただ違うのは両側にやや小さい墓が一つずつある。小松は追腹《おいばら》をした者の墓ではないかと言う。

「知盛さんの墓はこがに質素ながに、棟形さんの墓はあれやきね」

「たしかにそうですね」

安徳天皇の御陵墓に似せて自分の墓を作るなど、不敬もはなはだしいということなのだろう。あの陵墓が本当に安徳天皇の墓だとしたらだが。

「自分は知盛の直系の子孫やき、ちゅう驕りを感じるがやき。私は」

「直系って、七百年間も血筋を守ってきたということですか？」

紫堂はほとんど憤慨せんばかりの口調だった。浅見の脇腹をつついて、「そんなことあるものか。そもそも知盛がここに来たというのが嘘っぱちだ」とささやいた。小松に聞こえはしないかとヒヤヒヤしたが、幸い聞こえなかったようだ。

「ほれ、見とおせ。ここから安徳帝の御陵墓が見えるんや。このお墓は何百年も御陵墓を見守っちゅうがやき」

小松は横倉山を見上げ、満足げにうなずいた。

2

「布田さんの家というのはどのあたりなのですか？」

墓地に寄って手桶を持って来た小松と一緒に里に戻ってくると、浅見は小松に訊いた。

「ああ」と小松はひどく不快そうな顔をした。

「布田さんの家のこと、聞いちょりますか。びっくりしたろう。明治の世の中になったいうがやき、まだ祟りだなんだと黴の生えたような話を聞かされて、さぞばかばかしいと思うたのやないですか？」

浅見と紫堂は「いえ、そんな」ともごもご返事をした。多少はそう思ったが、小松が言うほどでもない。

しかし小松の次の言葉を聞いて浅見は少なからず驚いた。

「けんど、そういう祟りのようなものは、現実にあるがやき。人の穢れた想念が大気にだんだんと蓄積され凝り固まって、ある日、七人ミサキのような祟りが出現するんや。私は思うんじゃが、この美しい山や川が、人間のそがな穢れを浄化しようとして祟りを発現させるのやと」

紫堂がぞっとしたような顔で肩をすくめた。ついさっき自分が言ったことを気にしているようだ。

「平家穴に入って宝を探したいというのは、やっぱり穢れた考えでしょうかねえ」

「どうやろうね。それは人間が決めるものやないき、わからんよ。ひょっとすると平家の霊の怒りを買うたかもしれんよ」

小松はからかうように紫堂に顔を近づけて笑った。

「もう、いやだなあ小松さん。びっくりするじゃないですか」

浅見も一緒に笑ったが、さっきから通りを行く人の視線が気になっていた。子供を連れた若いおかみさんや、仕事帰りらしい大工道具を担いだ職人、手をつないで歩く老夫婦。なぜか浅見と紫堂の顔を、すれ違いざまにうさんくさい目つきで見ていくのだ。

よそ者だからだろうかとも思ったが、昨日も、そして今日も横倉山に行くまでは、こんなふうには感じなかった。

紫堂と小松は気がつかないようで、楽しげに話をしている。

福本質店のほうへ行く小道を通り過ぎ、少し行って北側に折れると小川に沿った道を進んだ。そこは両側にずらりと梅の木が植えられていて、花が見頃ならさしずめ桃源郷のような景色だろうと思われた。

小川の水は澄んでいて、両岸の濃い緑の草むらに、名前は知らないが黄色い花が咲いている。

途中神社があった。

「これは梅ノ木神社や。もうすぐお祭りがあるんじゃや。神楽が見ものやから見に来るとええよ」

それほど大きな神社ではないが、境内にもたくさんの梅の木がある。質素なつくりながら小さな神楽殿も見える。

小松によるとこの道は梅ノ木谷と呼ばれているらしい。谷らしい高低差はないので不思議に思ったが、そういえば、谷と沢は同義であるという話をきいたことがある。梅ノ木沢よりも、梅ノ木谷のほうが天女でも現れてきそうな、幽玄な感じがする。

「そこが布田さんの家や」

神社の隣が布田米店だった。間口が五間ほどの大きな店だ。今は雨戸が閉められ、さらに板が打ち付けられている。屋根の上にあったであろう大きな看板は、裏返しになって家の脇の雑草の中にうち捨てられていた。

小松は前に進み出て手を合わせた。浅見たちもそれに倣おうとした時、店の裏のほうから声が聞こえた。

男か女かわからないしわがれた声で、お経のようなものを唱えている。草を踏み分ける音が近づいてきて、声の主が姿を現した。

浅見と紫堂は思わず、あっと声を上げた。

風呂屋の帰りに出会った、あの玉延という老婆だった。夜に見た皺とイボに加えて、赤黒いシミまでくっきりと見える。まばらな白髪がもつれて肩まで伸び、皺の中に埋もれた目は、白く濁っているようでいっそう不気味だった。そして今日も着ている白装束は、明るいところで見ると薄汚れていて、とても白とは言えない。太い杖は店に立てかけてあった。

「多姪吔《たにやた》　烏耽毘詈《うたんびり》　兜毘詈《どうびり》　耽埤《たむぴ》　波羅耽埤《ばらたむぴ》　捺唾修捺唾《なたしゅなた》　枳跛侘《ていばた》　牟那耶《まぬや》……」

浅見たちをちらりと見たが、大きな数珠をつま繰りながら真言を続け、時々店の周りに塩を撒いていた。

小松は手を合わせたまま頭を下げている。浅見と紫堂も同様にするしかなかった。

真言がやんで顔を上げると、小松が深々と玉延に向かって頭を下げていた。

「いつもありがとうございます。あれから七人ミサキに引っ張られた者はだれもおりゃあせん。それというのも、玉延さんがこうして真言を唱えてくれちゅうおかげや」

「わしの力にも限度がある。こがなよそ者が」

と玉延は浅見と紫堂を指さした。

「村の中を好き勝手に歩き回わっちゅうき、もうじき五人目が死ぬるのじゃ。おまんらのせいじゃ。出て行け。この村から出て行け」

老婆は、意外にもしっかりとした足どりで杖を取りに行った。外壁に立てかけた杖を摑むと、くるりとこちらに向き直り、ニヤリと笑った。笑ったように見えたが違ったのかもしれない。

玉延は、老人とは思えない機敏さで杖を振り上げ、こちらに向かってきた。

「出て行かんのなら、こうしちゃる」

だれもがこれからなにが起ころうとしているのか想像がつかず、呆然と腰の曲がった老婆を見つめていた。

玉延はこちらに突進してきたかと思うと、驚くような身のこなしで、杖を繰り出してきた。

紫堂の頭が横殴りにされるかに見えた。その瞬間、浅見の腕が伸びて杖を掴むと同時に、玉延を引き倒した。浅見の動きは流れるようでいて、素早さは瞬きする間のことだった。

押さえつけられた玉延は、大げさな悲鳴を上げながら手足をばたつかせている。その声や力の強さは老人とは思えぬほどだ。

浅見は玉延が振り回す両手を、すっと背中に回して動かないようにしてしまった。

「お婆さん、大丈夫ですか」

浅見は言いながら玉延を起こしてやる。

なおもわめいている玉延に、「お怪我はありませんか」と杖を渡した。

「覚えちょれ」

杖を引ったくると玉延は小走りに駆けていった。まるで猿のような動きだった。

「大丈夫でしょうか。見たところ怪我はないようですが」

「大丈夫やろ。あの人も毎日山に登っちゅうのや。若い頃は激しい修行もしたとかで、腰は曲がっちゅうが、私らなんかよりよほど丈夫なんや。ああ見えて私よりも十は若いのや」

　小松が六十歳くらいだから、玉延は五十歳くらいということか。ちょっと見たところは、そうとうな年寄りに見えるから驚きだ。だれかが百歳だとか八十歳だとか言っても信じてしまいそうだ。

「二十年くらい前に、この村にふらりとやって来ましてね。お祓いや呪《まじな》いがようきくんで、みんな重宝がっちゅうのや」

　正確な年はだれも知らないし、ひょっとすると本人も知らないのではないかと言われている。どこから来たのか、それまでどんな生活をしていたのかだれも知らず、玉延は謎に包まれた存在らしい。坂折川近くのあばら屋に住み、拝み屋の仕事と親切な人の施しとで暮らしているという。その親切な人の中には、小松も入っているのではないかと浅見は思った。

「それにしてもおまえ、なんかすごい技を使っていなかったか？　一瞬であの婆さんをねじ伏せただろう」

「紫堂に言ったことはなかったかな。子供の頃に父に柔術を習わされたんだ。僕があんまりひ弱なんで、自分の身は自分で守れるようにって」

一緒に習い始めた兄は、好きになれなかったようですぐにやめてしまった。しかし浅見はなぜか気に入って、腕前はなかなかのものだと自負している。兄に敵《かな》うものはなにもないのだが、ただ一つあるとすれば柔術だった。

「だが、あの小さい婆さんだからな。俺だって簡単に倒せるな。きっと」

玉延は見た目と違って、身体能力はかなりなものだと浅見は見ている。現にあのままだったら、紫堂の頭は杖で殴りつけられていただろう。

三人はもう一度、布田の家に向かって手を合わせた。この家の家族がみんな死に絶えてしまったなんて、なんと恐ろしくて悲しいことだろう。なにかの祟りかと思ってしまうのも無理はない。

だが、そんなものがあってたまるかと浅見は思う。

「昨日の夜、玉延さんに、『五人目は東京から来た若い男だ』と言われました。僕たちのどちらかが死ぬということでしょうか？」

七人ミサキの祟りは当然あるものと思っている小松は、どんなふうに答えるだろう。浅見はぜひそれを聞きたかった。

小松は腕組みをして宙をにらみ、しばらく考えていたが、ようやく重い口を開いた。

「玉延さんがそう言うがなら、そうなんやろう。ただ、おまんらかどうかはわからん。近年は人の往来も多くなっちゅう。たまたま通りかかった、『東京から来た若い男』が五人目となることとやってあるろう」

その時、浅見は緒智村に来る途中、馬車であった林夫婦を思い出した。村を通り過ぎるだけなのに、回り道をするほど七人ミサキの祟りを怖れていた。

その話を小松にすると、どうやら知っている人のようだ。

「その人たちは野老山村の人ではなかったですか？　亥三郎さんは野老山村の人でな。従兄《いとこ》がおったはずじゃ。従兄の嫁さんは石ヶ谷村の出なんじゃよ」

「ああ、亀井さんの故郷ですね」

あの時に、亀井さんの故郷がどこか知っていたら、もっと話が弾んだだろうに。

「そうか、従兄なら回り道をして正解じゃ。万が一ということがあるき」

小松はさも納得した、というようにうなずいた。

それを聞いて、ようやく林夫婦の常軌を逸した行動の意味がわかった。布田米店の婿養子、亥三郎が七人ミサキの祟りで死んだのなら、村を通るのも怖いのはうなずける。

それでも浅見は七人ミサキの祟りが、本当にあるとは思えなかった。

3

福本質店に戻ると棟形がいた。亀井が見つからなかったという報告を聞いて、一旦自分の家に帰ったはずだが、また来ているとは意外だった。福本もまだ帰っていないようだが、なんの用でいるのだろう。

棟形はいつもの上座に座って、手酌で酒を飲んでいた。ツヤは台所で夕食の支度をしているようだ。煮物のいい匂いがしている。

匂いに誘われたわけでもないだろうが、ちょうど牧野と黒崎もやってきた。

二人は棟形がいることを知らなかったのか、意外そうな顔をしている。

夕食の膳が出てくるまでには、もう少しありそうだが、なんとなく気まずい空気が流れる。

「福本さんはまだ帰ってないんですね。珍しいな。こんな長い時間出掛けているなんて」

牧野が居心地の悪さに耐えられなくなったのか、ひとり言のように言った。黒崎が「そうじゃな」などと相づちをうっている。

そこへ池永が帰ってきた。今日は遠足だったので疲れた、などと話し始め、とたんに場がにぎやかになった。紫堂も加わって話がはずむと、浅見は台所に行った。

いつもは福本の目が光っているようで、話をすることができなかったが、昼にツヤと言葉を交わしたこともあって、気軽に話せる気がした。

「ツヤさん。手伝いますよ」

浅見が後ろから声を掛けると、ツヤは驚いたように振り返った。

「ほんなら、ご飯をお櫃に移しとおせ」

ツヤがにっこりと微笑んだ。

浅見は大きな釜からしゃもじでご飯を取り、お櫃に入れていく。

「福本さんはどちらに行かれたのですか？」

カブとかまぼこの煮物を小鉢に盛り付けていたツヤは、手を止めた。

浅見をちらりと見て、なにか言いかけたが、言おうかどうしようか迷っているようだった。

「すみません。立ち入ったことを訊いてしまったようですね」

「いいえ」

ツヤは小鉢を置いて浅見のほうにやってきた。切れ長の黒目がちの目で浅見を下から見上げた。

すっと浅見に体を寄せて、「うちから聞いたち、言わんといてね」とささやいた。

甘い匂いとほのかな体温で、頭がくらくらする。

浅見はやっとのことでうなずいた。

「主人は石ヶ谷村に行ったんじゃ。ひょっとしたら亀井さんが、故郷の村に帰っているんじゃないかって」

「棟形さんは、福本さんの知らせを待っているんですね」

「棟形さんが主人に行くように言うたがよ」

ツヤが言うには福本は棟形に弱みを握られていて、なんでも言うことを聞かなければならないという。

福本は棟形に逆らえないのだ、と黒崎が言っていたがそういうことだったのかとやっとわかった。

「弱みってなんなんですか？」

「うちを助けてくれますか？」

「え？　助ける？　どういうことですか？」

その時、池永の甲走った声が聞こえた。

「嘘を嘘と言ってなにが悪いんですか？」

それに対して棟形がなにか言っているが、よく聞こえない。二人の言い合いはつづき、また池永が激した声で言った。

「亀井さんから聞いたんですよ。あなたがこの下宿を紹介してくれましたが、僕はここを出ますよ。こんなところにはいられない」

棟形がなにか言い返そうとした時、玄関のほうで華やかな若い女の声が聞こえた。

「こんばんは。お父様、ウルメを持ってきました」

どうやら棟形の娘らしい。

「もうお食事、終わってしもうたか？　ツヤさん、ツヤさん」

声がだんだん近づいてきて姿を現した。英吉利《いぎりす》巻きの髪に白いリボンを結び、小町鼠《こまちねず》の地の振り袖には赤紫の蝶が舞っている。美人とは言えないが、愛嬌のある大きな目が印象的だ。

娘は棟形同様、まるで自分の家のようにずかずかと上がってきた。居間に集まっている男たちに気後れすることもない。

「こんばんは」と挨拶をして、廊下に立っていたツヤに、竹ザルに山盛りのウルメイワシを渡した。

「頂き物なんや。お母様がこちらに持って行きなさいって。いつも父がお世話になってます」

　とツヤに頭を下げた。なかなか気立てのいい娘らしい。

「お父様、何時に帰ってくるがかえ？」

「いや、まだわからん。知佳はもう帰りなさい」

　棟形はびっくりするような優しい声で言う。娘は軽く頭を下げると、袂《たもと》をひるがえし帰っていった。

　さっきまでの険悪な空気は、多少やわらいだものの、気まずさは変わらなかった。

　浅見はツヤを手伝って膳を運び、全員の食事が始まったが、だれもが押し黙っており、味もよくわからないようすで咀嚼していた。

　夕食のあとは自然と池永の部屋に集まった。牧野と黒崎、紫堂は事情を知っているが、浅見にはなぜ二人が喧嘩になったのかわからない。

　黒崎はちゃっかり、酒とウルメイワシを焼いて持ってきていた。みんなご飯を食べた気がしないのは一緒らしい。

「池永さん、本当に出て行っちゃうんですか？」

　牧野は眉をへの字に曲げて情けない顔をした。

「池永さんがいないんじゃ、つまらないいな。僕も下宿を替わろうかな」

黒崎は「俺はどこでもええぜよ。牧野がおるとこに行く」とイワシを噛みちぎった。浅見も香ばしく焼けた干物を味わいながら、「池永さん、なんだか怒っていたようですが、どうかしたのですか？」と訊いた。

「僕は、あの棟形さんという人がどうもわからないんです。頼んでもいないのに勝手に下宿を決めてしまうし、些細なことでなんだかんだ言ってくるし。今日だって、遠足の時に僕が言ったことを聞きつけてきて、ねちねちと文句を言うんですよ」

「遠足って今日でしたよね。ずいぶん耳が早いですね」と牧野。

「生徒が親に言ったのでしょうね。先生がこんなことを言っていた、って」

浅見は心の中で「ああ」とつぶやいた。御陵墓の前で、安徳天皇の墓だというのは嘘なのだ、と子供たちに話していたことが、さっそく親に報告され村中に広まったのだ。

そういえばさっき村の大通りを歩いていると、すれ違う村の人々が浅見たちをおかしな目で見ていた。ひょっとすると同じ下宿にいる自分たちも、池永と同類だと見られていたのだろうか。

「怒ってたよな、棟形さん。バチが当たるぞ、とか言ってたな」

紫堂は少し酒がまわってきたのか、面白がっているように見える。

「僕は子供たちに嘘を教えることなんかできませんからね」

憤慨している池永の肩を、紫堂は叩きながら、「はいはい、立派な先生ですね」と茶化して盃《さかずき》をあけた。

「それにしても知佳さんだったたっけ。棟形さんの娘とは思えない可愛さだったな」

「僕は父娘《おやこ》だけあってよく似てると思いましたよ」

牧野が至極真面目に言うのを、また紫堂がからかって笑いに包まれた。しかし黒崎は、さっきからあまり口をきかず、むっつりしている。浅見は気になって、ちらちらと見ていたのだが、とうとう目が合ってしまった。

黒崎は、すっと視線を外すと盃の酒を飲み干したのだった。

第五章　五人目そして六人目

1

紫堂と一緒に部屋に戻ると、小松からの本が届いていた。ツヤが受け取って置いてくれたのだろう。

浅見は本を手に取って、ぱらぱらとめくった。

「なあ、紫堂。さっきツヤさんに聞いたのだが、福本さんは亀井さんが自分の村に帰っているかもしれないから、と確かめに行ったそうだ」

「福本さんはそんなに心配していたのか。自分のとこの下宿人だからだな」

「それもあるかもしれないが、棟形さんが行くように言ったらしい」

紫堂は「へえ」と眉を上げた。

「なんというか、棟形さんの言いなりなんだな。あんな怖い顔しているのに、ちょっと情けない男だな」

「それが……ツヤさんが言っていたんだが、棟形さんに弱みを握られているらしい」

「弱み？　どんな」

紫堂の目が途端に輝きだした。

「それを訊こうとしたら、棟形さんと池永さんの喧嘩が始まってしまって、訊けなかったんだ。ただ、『うちを助けてくれますか？』と言われた」

「助けてくれますか、だと？」

「僕がツヤさんを助けてあげたら、どんな弱みを握られているのか、教えてくれるということらしい」

「助ける、って言えよ。明日の朝、すぐに言え。面白いなあ、小説のネタになりそうだ」

「いいかげんだな。助けるって、なにからどうやって助けるのかわからないのだぞ。無責任なことは言えないよ」

ドアがそっと開いて黒崎が顔を出した。

「ちっくとええかえ？」

「ああ、どうした？　入れよ」

紫堂が大きな声で答えると、黒崎は「しっ」と人差し指を口に当て、隣の部屋のほうをちらりと見た。隣は池永の部屋である。

入って戸を閉め、部屋の真ん中であぐらをかいた。

「このままやと眠れそうにのうて。さっきのことやが、どうも腹がたってな」

「さっきのこと？」

今度は紫堂も声をひそめている。

黒崎は池永が安徳天皇の御陵墓を冒瀆《ぼうとく》したのが許せないという。

「これは緒智村だけの問題やないがやき。近隣の村にとっても聞き捨てならんことや。御陵のあるお山は神聖なもんじゃ。山の神の怒りに触れんよう、みんな身を慎んで暮らしゆう。心のよりどころ言うてもええのが、あの御陵墓なんや。それを嘘やらあて、とんでもないことや」

部屋に戻って牧野に話したが、牧野は特になんとも思わないと返事をしたらしい。それも黒崎には腹立たしいことだったようだ。

「牧野は植物にしか興味がないがやき。仕方ないんやが」

黒崎には申し訳ないが、浅見も池永とほぼ同意見だった。ただ表だって言わないだけだ。

紫堂も同じ考えらしく、黒崎の話を、うんうんとうなずきながら聞いてはいたが、時々、少し困ったような顔をしていた。

腹の中にあることを喋って、黒崎は少し落ち着いたようだった。ふっと肩の力を抜くと、部屋の隅にある本に目をとめた。

「その本、どいたのや？」

「小松さんが貸してくれたのですよ」

「そこの『片岡物語』ってやつ、亀井さんも読んじょったな。俺にも読めって勧めてくれたんやけんど、難しくて読めんかった」

亀井はこの本を読んで、横倉山の御陵には、間違いなく安徳天皇が眠っていると確信したと言っていたそうだ。

黒崎が自分の部屋に戻ったあと、浅見は『片岡物語』を開いた。少し読んだところで、母屋のほうから人の話し声が聞こえた。

「福本さんが戻ってきたようだな」

「行ってみるか」

廊下に出て、池永の部屋と牧野、黒崎の部屋のほうを見ると、戸の隙間から明かりは漏れておらず、どちらも眠ってしまっているようだった。

居間では棟形と福本が話し込んでおり、少し離れてツヤが座っていた。

「どうも、お帰りなさい」

紫堂が例によって如才ない挨拶をする。

その時、浅見は大変な失敗をしたことに気がついた。福本の行き先について、ツヤから聞いたことは言わない約束だったのだ。浅見は二人にそれとなく探りを入れるつもりだったが、紫堂とそんな打ち合わせはしていなかった。

浅見は紫堂を止めようとした。できることなら、それ以上なにも喋るな、と言いたかった。しかし手遅れだった。

「亀井さんは石ヶ谷村にいましたか？」

棟形と福本が、同時に厳しい顔でツヤを見た。ツヤは下を向いていて表情はわからなかった。

「村には帰っちょらんかった」

棟形は意外にも穏やかな声で答えた。

「そうですか。どこ行っちゃったんだろうな」

ぎくしゃくとした雰囲気を、紫堂は感じることもなく、いかにも心配そうだ。

「なあ、浅見はどう思う？」

「え？　そうだな。とにかく平家穴のところで怪我をしたけれど、どこかに行くには、あのつづら折りの坂を上るしかないわけで。だからそれほどの怪我じゃなかったということかな。故郷の村以外に亀井さんが行きそうなところは、ないのでしょうかね?」

亀井は小松に、「故郷には帰れない」と話していたことを、今、思い出したのだ。

しかしそれは希望的観測というものだ。死亡していると見間違われるほどの怪我だったのだから、たとえあの坂道を上れたとしても、どこかで足をすべらせ、そのまま動けなくなってしまった可能性だってある。

居間にいる面々が考えているのは、後者のほうかもしれない。だれもが難しい顔で黙りこくっていた。

部屋に戻ると、紫堂はすぐに寝てしまったが、浅見は洋燈《ランプ》を引き寄せ、『片岡物語』の続きを読み始めた。

2

翌朝、浅見は早くに目が覚めた。外は夜が明けたばかりで、まだ薄暗かった。紫堂がまだ眠っているので、そっと身支度をすませると横倉山へと向かった。

昨夜読んだ『片岡物語』が眠っている間も、頭を離れなかった。それで朝早くに目が覚めてしまったようだ。

早朝の山は、昨日登った時よりもさらにすがすがしい空気に満ちていた。目に映る青葉の鮮やかさ、足元の名も知らぬ花。その花や葉に、まるで宝石のように留まる美しい露。頭上を小鳥が鋭く鳴いて飛んでいくが、一向に姿は見えない。それほど森は深く緑は濃いのだった。

『片岡物語』はこの地方の豪族で、桓武天皇の流れを汲《く》む片岡氏の累代の興亡を物語風に書いたものだ。平家の落人である片岡氏の先祖が流れ着き、地域の争いを収めて建久二年（1191年）に黒岩城主となった事などが、生き生きと書かれている。

その中に、「若き主上」という語句が出てくる。ある年の九月十五日、一門家人が集まり霊山で祭儀を執り行なった模様が、実に詳しく書かれているのである。「若き主上」とは安徳天皇のことと思われる。

月が清朗と照らす中、主上は御神前で手を合わせ、頭を下げて開運を祈ったという。その時の着物の色や、法者の鳴らす鉦《かね》の音が寂しく山に響き渡ったことなど、事細かに書いてある。「み栄《さかえ》の昔をしのばせ給ひ」とか「ふたたび胸せきよせて涙ぐみ」など、浅見も読んでいて思わず涙ぐんでしまった。

朝露に濡れた土を踏みしめながら横倉山を登った。『片岡物語』にはここを霊山と書いていたが、高度が上がるにつれて山の木々や空気の清浄さが増しているような気がした。

浅見は本の影響だな、と独りごちて笑った。

御陵の下の石段から安徳天皇陵を見上げる。長い苔むした石段と両側の杉の木が、今日は一層神々しく見える。石段の先にある鳥居は浅見を招いているようにも見えた。

山の空気はしっとりと冷たく、いよいよ清らかに張りつめているようだった。

石段を登り切ると、木々の間をすり抜けた朝の光が御陵の中に幾筋も差し込んでいた。

浅見は自然と手を合わせ、頭を垂れた。長い間そうやって祈っていたはずだ。心は無になり穏やかで、ほんの少し素直な人間になれたような気がした。

帰途につこうと振り返り石段を見下ろすと、さっと湿った微風が吹いてきて浅見を包んだ。

石段の下に白い靄《もや》があった。見る間にそれは雲のような厚さになり、人の歩く速さよりも速く石段を這い上がってくる。

なにが起きているのか、すぐにはわからなかった。白い雲が足もとまでやって来た時、発生した霧が風に乗ってこちらに向かっているのだとわかった。

真っ白な雲は厚さを増し迫ってくる。動くこともできずに、浅見は立ち尽くしていた。

あっという間に濃い霧に包まれた。

一瞬、自分がどこにいるのかわからなくなった。このまま天に昇ってしまうのかと思われた。

霧は浅見の体をすり抜け、御陵墓の中へと進んでいく。

振り返って見れば、朝日の差し込む陵墓に入り込んだ雲は、五色に光り輝いていた。

どこからともなく美しい鳥の声が聞こえた。この世のものとは思えない美しさだ。あれは極楽浄土に住む鳥、迦陵頻伽《かりょうびんが》に違いない。

それは次第に重奏された音楽となって浅見の耳をくすぐった。

多幸感に包まれた浅見は、目には見えないけれども安徳天皇が、今、この雲に乗ったように思った。みずらに結った髪や、山鳩色の御衣が見えるようだった。

苦しみに満ちた短い人生だったが、安徳天皇は安住の地をここに見いだし、美しい雲に乗り荘厳な音楽を聴き、聖なる山で幸せに遊歩している。そう思うと何百年もの間、この御陵を守り続けた人々に感謝と尊敬の念を抱かずにいられない。

気がつくと、浅見は泣いていた。

泣きながら、これまで感じたことのない清々しい思いで石段を下りたのだった。

3

下宿に戻ると、みんなは食事を終えて部屋へ戻っていた。廊下のほうにまで紫堂と黒崎の話し声が聞こえている。たぶん牧野もいるのだろうが、ずっと元気がないので、黙って二人の話を聞いているのかもしれない。

浅見は居間に一つだけ残された膳に向かい食事を取る。ツヤが廊下を通る姿が見えるが、昨日、話をしたことなど忘れたかのように素っ気ない態度だ。だがそれは、福本がいるからだろう。福本がいる時は、ツヤは決して浅見たちの近くには寄らない。話をするなどもってのほかということなのだろう。

食事が終わる頃、出勤したはずの池永が青い顔をして戻ってきた。学校に行くには行ったが、気分が悪くなって早退したのだという。脂汗を流し呼吸も速いようだ。

浅見は布団を敷いてやり、桶に水を汲んできた。

手拭いを濡らし、額を拭いてやる。

「ありがとう。少しいいようです。昨日、遠足に行って汗をかいたので、風邪をひいたのかもしれません」

しばらく枕もとにいたが、池永が眠ってしまったので部屋を出た。牧野の部屋からちょうど紫堂も出てくるところだった。

「おう、どこ行ってたんだよ。朝っぱらから」

浅見は横倉山に散歩に行っていたことと、池永が風邪を引いて寝ていることを話した。

「そうか。で、眠っているのか？」

と声を潜めた。

「うん。大したことはなさそうだ」

話しながら自分たちの部屋に入った。

「なあ、浅見。平家穴に入ってみないか。別に宝を探そうという訳じゃないんだ。どんなふうになっているか、気になるだろう。な、入ってみようよ」

宝には興味はないと言いながら、ちょっとにやけているのは、実は宝探しが目的なのだろう。平家穴を見に行った時に、相当に中に入りたそうだったが、まだ諦めていなかったとは。

「あのな紫堂、面白半分にそういうことをするのはよくないと思うよ。宝探しじゃないと言いながら、あわよくば見つけようと思っているんだろう？」

「ははは、そう言うと思ったよ。本気で言った訳じゃないんだ。さっき黒崎さんにも、やめろって言われたんだ」

意外にも紫堂はあっさり引き下がった。ちょっと拍子抜けしたが、黒崎にも止められたので、たぶん行く気は失せかけていたのだろう。

昼過ぎまで紫堂と二人、仁淀川の河原を歩くなどした。亀井の所在がわからぬままで、なんとも宙ぶらりんなことになっているがこれからどうするか、などと相談をする。だが当然のことながら答えは出ない。とりとめのない話をしながら、河原をあとにし、村をぶらぶら歩いたが、やはりすれ違う人々の目に敵意のようなものを感じる。

村人の冷たい目に心が消耗していたが、さらに会いたくない人が向こうからやって来た。玉延である。麻袋を引きずるようにして持ち、憎しみに満ちた目で浅見を睨み付けてくる。普段の浅見なら、荷物を持ってやるところだが、とてもそんなことは言えなかった。

下宿がある小道に入ると、向こうから小松が歩いてくる。たったいま福本質店に行ってきたところだという。

「池永さんが風邪を引いたち聞きましてね。我が家秘伝の味噌を持ってきたんや。あれをお粥《かゆ》に入れて食べると、一発で風邪なんか治ってしまうき」

小松はにこやかに笑って去っていった。

「池永さんが風邪を引いたこと、もう知ってるんだ。すごいな」

紫堂は目を丸くした。たしかにそれも驚きだが、浅見がもっと驚いたのは、あれほど池永に怒っていたのに、こんなふうに親切にするとは。

池永は少しよくなったようで、布団の上に起き上がり、お粥を食べていた。

「だいぶよくなりました。おなかがすいたのでツヤさんにお粥を作ってもらったのですが、ちょうど小松さんが味噌を持ってきてくれましてね。これが美味いんです。にんにくとか、あといろいろな薬草が入っているそうです」

部屋の中には味噌とにんにくのにおいが充満していた。

「顔色もだいぶいいようですね。それを食べてもうひと眠りしたら、きっとよくなりますよ」

浅見と紫堂は布団の脇に座って、少し世間話をした。池永がお粥を食べ終わると、器を受け取り布団をかけてやった。

浅見たちも昼食をとり、部屋で本を読むなどして過ごした。しばらくすると隣の部屋からうめき声が聞こえた。

池永の声だ。

弾かれたように浅見と紫堂は部屋を出て、池永のもとに向かった。

枕も掛け布団も脇に追いやり、自らも布団からはみ出して、池永は助けを求めるように虚空に手を伸ばしていた。顔は青黒く脂汗が浮かび、苦しみのために目を見開いている。そばには嘔吐物もあった。

「紫堂、お医者さんを」

「どこにいるか、俺、知らないぞ」

「福本さんに聞いて呼んできてくれ」

「わかった」

紫堂は返事と同時にまろび出ていった。

「池永さん、しっかり」

浅見は呼びかけながら汚物を拭き、池永を布団に戻し、枕をあてがった。

騒ぎを聞きつけ牧野と黒崎がやってきた。池永のただならぬようすに、二人は部屋の隅で棒立ちになったまま動けないでいた。

ツヤが水の入った桶を持ってきて、怖々浅見に手渡した。やはり池永が恐ろしくて、そばに近寄れないようだ。

池永の苦しみようは、尋常ではなくすぐにでも死んでしまいそうだった。

濡れ手拭いで顔を拭いてやると、少し落ち着いたようだ。

呼吸は荒く苦しそうに顔を歪めているが、血の気が戻ってきた。

距離を置いて取り巻いていた牧野たちも、そばに寄ってきた。

「池永さん、どうしたんだよ」

牧野は泣きそうな声で言う。

「なにか悪いものでも食べたのですか？」

浅見の問いに、池永は力なく首を横に振っただけだった。

しばらくすると紫堂が医者を連れて戻ってきた。

医者は脈を取り、まぶたをひっくり返したり胸の音を聴いたりして注射を打った。

「今は落ち着いてるようやき、しばらくようすを見ましょう」

医者は三十代半ばで、知的な顔立ちながら野性的な感じのする男だった。豊かな髪に若白髪が交じっている。

そばにいたツヤに、昨日の夜から食べたものを聞き、首をかしげている。

「生ものを食べた、いうわけでもないんやな」

医者が、「容態が変わったら知らせとおせ」と立ち上がった時だった。小松が駆け込んできたのだった。後ろからやってきた人物を見て、思わず「あっ」と声を上げた。

玉延だった。二人で走ってきたとみえ、肩で息をしている。

「どけ」

玉延は医者を押しのけ、池永の顔を覗き込んだ。

「おい、起きろ」

気を失ったように眠っている池永の頬を叩いた。

「やめんか。いまようやく眠ったとこなんじゃ」

玉延は、止めようとする医者の手を振りほどき、なおも池永の頬を叩いたり体を揺すったりした。

「こりゃあいかん。水と塩。それから線香とロウソクを持ってこい」

だれもが呆気にとられて玉延のやることを見ていた。

「早《は》ようせんか」

「は、はい」

一喝されてツヤが飛び上がり、慌てて部屋を出て行った。

ツヤは言われたものをお盆に載せて持ってきた。

玉延はうやうやしい手つきでロウソクに火を灯し、線香を焚く。

数珠を揉みながら、大音声《だいおんじょう》で真言を唱え始めた。

「多姪哋《たにやた》　烏耽毘詈《うたんびり》　兜毘詈《どうびり》　耽埤《たむぴ》　波羅耽埤《ばらたむぴ》　捺唾修捺唾《なたしゅなた》　枳跋侘《ていばた》　牟那耶《まぬや》　三摩耶《さんまや》
檀提《だんてい》　膩羅枳尸《にらていし》　婆羅鳩卑《ぶらくび》　烏詈《うり》　穰瞿詈《なんくり》　娑訶《すばあーはー》……」

帰るに帰れなくなった医者は、そのまま布団のそばに座った。牧野と黒崎は手を合わせ、一心に祈っている。その横で小松とツヤも頭を垂れている。いつのまにやって来たのか福本は入り口近くに座っているが、なぜか冷たい目で玉延の祈禱《きとう》を見守っていた。

狭い部屋の中は、人いきれが渦巻くようだった。ロウソクの炎、線香の煙、そこに頭の中が痺れるような玉延の真言。

長くこの中にいれば、正気を保つのが難しいように思えた。紫堂を見ると彼も同じなのか、眉間に皺を寄せ、膝の上に置いた握りこぶしに力を入れていた。

玉延の真言はいつ果てるともなく続いた。だんだんと息苦しくなってきて、席を立とうかと思い始めた時だった。池永の容態が急変した。息が荒くなり、目を剥いて胸のあたりを両手で掻きむしった。よほど苦しいのか布団を蹴飛ばし、のたうち回っている。

玉延はさらに熱を帯びて真言を唱えた。

医者がたまらず鞄から注射器を取り出した。その腕を、小松が驚くほどの素早い動きで押しとどめた。

恐ろしい顔で首を横に振る。

医者は、小松の形相に恐れをなして、注射器を手に持ったまま後ろに下がった。

「……多姪咃《たにやた》　烏耽毘詈《うたんびり》　兜毘詈《どうびり》　耽埤《たむぴ》　波羅耽埤《ばらたむぴ》　捺唾修捺唾《なたしゅなた》　枳跋侘《ていばた》　牟那耶《まぬや》

三摩耶《さんまや》　檀提《だんてい》　膩羅枳戸《にらていし》　婆羅鳩卑《ぶらくび》　烏詈《うり》　穰瞿詈《なんくり》　娑訶《すばあーはー》……」

池永の動きが緩慢になった。胸を掻きむしっていた手は、だらりと体の横に投げ出された。

ふいに目を開けたので、池永の苦しみが軽くなったのだと、だれもがほっとした。

しかしそれはたしかに苦しみがなくなったのだが、喜ぶべきことではなくむしろ逆だった。

池永の目は焦点が合っていなかった。

「池永さん」

浅見が呼びかけると、一瞬、意識がはっきりして浅見を見た。

なにか言いたそうに唇がかすかに動く。

しかしなにも話すことなく、目は生気を失った。

「池永さん。池永さん」

こちらの世界へ呼び戻そうと、浅見は力一杯叫んだ。

だが池永の顔はみるみる死相を帯びてきて、肌の色も死人のそれになった。

部屋の中は重苦しい沈黙が満ちていた。

ツヤの嗚咽が聞こえてきて、浅見も涙がこみ上げてきた。

「どうしてこんなことに」

今朝は風邪かもしれない、と言っていたが、たったの半日で命を落としてしまうなんて。

脈を取っていた医者が、「ご臨終です」と告げた。

池永の顔に白い布が掛けられ、浅見と紫堂は動くこともできずに、じっとその白い布を見つめていた。

玉延が持っていた数珠が、じゃらりと音をたてた。

「六人目……。これで六人目じゃ」

自分の祈禱がきかなかったからなのか、玉延は怒ったように足を踏み鳴らして出て行った。

牧野と黒崎がすすり泣いている隣で、小松は目を手巾《ハンカチ》で押さえ、くぐもった声で言った。

「安徳天皇の祟りには、玉延さんもどうすることもできんかったのか」

浅見は腹が立ってきた。池永が死んだのは、七人ミサキの祟りでもなければ、安徳天皇の祟りでもない。それだけははっきりしている。

安徳天皇の御陵の前で池永に腹を立てていた小松。

村中に池永の不敬な発言が広まったのは、小松も一役買っていたのではないか。

風邪を引いたと聞くや否や秘伝の味噌を持ってきた小松。

体調が悪化するとすぐに玉延を連れてきて、医者の処置の邪魔をした小松。

今は涙を拭っているが、それは本物の涙なのか。

小松への疑いは膨らむばかりだった。

医者が席を外したので、浅見は追いかけていって小声で訊いた。

「池永さんはどうして亡くなったと思いますか？」

「異状死は二十四時間以内に所轄の警察署に届けることになっちゅう」

医者は眉間に深い皺を寄せ、それだけを言って帰って行った。

やはり医者も池永の死に不審を抱いているのだ。

池永は毒を盛られたに違いない。これから警察が調べてくれるだろう。浅見も警察にいろいろと訊かれるかもしれない。その時は、小松には悪いが思っていることを言わせてもらおう。わざとらしく安徳天皇の祟りだ、などと言っていたが、そんなものはないことがはっきりするだろう。

だが、たったあれだけの理由で池永を殺したりするだろうか。あの小松が。どこから見ても良識ある、分別をわきまえているように見える小松が。

「なあ、五人目は池永さんだったんだな。たしかに池永さんも『東京から来た若い男』だよな」

いつの間にか隣に来ていた紫堂が言った。

「え？　五人目？　そうだったかな」

うっかり聞き流していたが、五人目ではなかった気がする。

「六人目と言ってなかったか？」

二人は顔を見合わせた。

「そうだな。六人目だった」

紫堂はぞっとしたような顔をした。

「それじゃあ、五人目はだれなんだよ」

口には出さないが、「亀井さんなのか」と互いの顔が言っていた。

「どうして玉延さんが知っているんだ」

「占いだかなんだかだろう」

と言いながらも、紫堂はそうは思っていないようだった。

「玉延さんに訊いてこよう」

「うん」

二人は同時に駆けだしていた。

家は坂折川の近くにあると小松が言っていた。並みの老人ならすぐに追いつけるだろうが、あの玉延ではどうだろうと思いつつ走った。

思った通り玉延の姿は見えず、とにかく坂折川のほうまで行くことにした。

川に沿って当てずっぽうに歩き、それらしいあばら屋を見つけたが、中に人はいなかった。

「村の人に訊いてみよう」

通りのほうへ少し戻ったところで、最初に会った野菜売りの老人に訊くと、やはりさっき見た家が玉延の家だという。

「どこに行ったんだろうな」

仕方なく下宿に戻ることにしたが、道々、池永の死について話をした。

「紫堂はどう思う？　池永さんの容態があんなに急変するなんて、おかしいと思わないか？」

「絶対におかしいと思うよ。普通の死に方じゃない」

浅見は、思っていることを言った。つまり小松の言動が、限りなく不信感を抱かせるものであったことを。

「そうかあ？　俺は福本さんが毒を盛ったんだと思ったぞ」

「えっ。福本さんが？」

意外な人物の名前が出てきたので驚いた。浅見には突拍子もないことのように思われた。

「池永さんと棟形さんが口喧嘩をしたのを覚えているか？　あの時、浅見はいなかったよな。俺は聞いていてすごく嫌な感じがしたよ」

紫堂が言うには、最初は池永が御陵墓の前で言ったことを責めていた。棟形は自分の言葉に興奮したのか、だんだん激しい口調で池永を罵りだした。売り言葉に買い言葉のようになって、池永は、『嘘を嘘と言ってなにが悪い。この村は嘘つきばかりだ』と言い始めた。それに対して棟形が、『なんだと。わしが嘘つきだと言うのか』といきり立った。

『そうだ。みんな嘘つきだ。僕は亀井さんから全部聞いたんですよ』

そのあとは下宿を出ていく、というようなことを言っていた。その辺からは浅見も聞いていた。

「話が変な方向に移っていって、亀井さんの名前が出ると棟形さんの顔色が変わったんだ」

「へぇえ、どうしてなんだ」

「俺も不思議に思って訊いたんだよ。おまえが朝の散歩に行っているあいだにな。そしたら池永さんが、びっくりするようなことを言うんだ。福本さんは人殺しだ、って」

「人殺し？」

「な、びっくりするだろう？　どういうことなんだ、って訊いたら、亀井さんから聞いたんだが、亀井さんも人から聞いた話で、確かなことじゃないんだと言い訳しながら、あんまり腹が立ったんで、つい言ってしまった、と笑っていたんだ」

「福本さんはだれを殺したって言うんだい？」

「それ以上のことは聞いていない。だから、そんな噂があるとか、そういういい加減な話なんだと思ってた。だけど、池永さんがあんなことになっただろう？　福本さんの顔を見たら、いつもと変わらず無表情なんだよ。ああいう時にだよ。泣いたり騒いだりして、みんな少なからず動揺していたじゃないか。あんなに冷静でいられるのは、やっぱり……」

「殺人者だから？」

「うん」

「それじゃあ亀井さんも福本さんに殺されたのか？」

「そういうことになるな。秘密を知られたからには、生かしちゃおけない、ということだ」

「棟形さんも、福本さんの秘密を知っているということか？」

「そこなんだよ。棟形さんが知っていたなら、殺されていなきゃ変だろう？」

紫堂の言い方が可笑《おか》しくて、つい笑ってしまった。不謹慎だと気がついて慌てて口を閉じた。紫堂は続ける。

「福本さんは、やっぱり亀井さんを殺したんじゃないのかな。まず平家穴のところで殺そうとしたけど失敗したんだ。それで亀井さんの故郷の石ヶ谷村まで行って、殺してきたんじゃないのか？　殺しておいて、村には帰っていなかったと報告した」

　自分の推理の正しさに自信を持っているようで、胸を張った。

「それは違うよ。ツヤさんが言うには、石ヶ谷村に行ったのは棟形さんに言われて、だそうだ」

「そうか……。だけどわからないぞ。棟形さんに言われた、と嘘をついたのかもしれない。殺人犯ならそんな嘘くらい簡単につくだろう。今頃は村で亀井さんの葬式をやっているかもしれない。どうだ。俺たちで石ヶ谷村に行って確かめてこないか？」

「それは早計じゃないかな。池永さんが毒殺されたとしたら、という前提があってのことだよな。まずは警察の調べが終わってからだ。結果を聞くまでは、なんとも言えない」

　紫堂はすっかり石ヶ谷村に行くつもりでいたらしく、「おまえ、ほんとうにいつも冷静だな」と口を尖らせた。

4

翌日、池永の遺体は近くの寺に安置された。遺族が到着するのを待って荼毘《だび》に付されるらしい。村の訓導が亡くなれば、本来なら村で葬儀を行ない、教え子も参列することになるのだろうが、池永は赴任して日が浅いこともあり、また、例の御陵墓の一件もあって、葬儀は東京で行なうのだという。

遺族が遺体と対面する前に、たぶん警察の検視が行なわれるのだろう。

紫堂と二人、散歩に行こうと下宿の玄関を出ると、家の陰からツヤが手招きをする。店には福本がいるはずで、これまでこんな大胆なことはしなかったのにどういう訳だろう。

ツヤと一緒に庭のほうへまわる。

「どうしました？」

助けて欲しいと言われてから、ツヤと話す機会はないものかと思っていたところだ。

ツヤは「しっ」と人差し指を唇に当てて、なにか言いたげに紫堂のほうを見る。

「紫堂がどうかしました？」

浅見は声をひそめて訊いた。

困り切った顔で、ツヤは唇を噛んでいる。紫堂をチラチラと見る目が実に色っぽいので、「ああ、そうか」と遅まきながら事情を理解した。

「それじゃあ、僕はこれで」

その場を立ち去ろうとすると、紫堂が乱暴に腕を掴んだ。

「馬鹿、なにを言ってるんだ。ツヤさんはおまえに話があるんだよ。俺は一人散歩に行ってくる」

紫堂が行ってしまうと、ツヤは赤くなって「こっちに来とおせ」とささやいた。

ツヤは庭の奥にある蔵に入ると、浅見にも入るように言う。

「いや、しかし」

黒崎が言っていたではないか。福本は嫉妬深くて、亀井とツヤが話をしているだけでにらんでいたと。それに、もしかすると亀井は福本に殺されたのではないか、という話をしたばかりだ。福本の秘密を知っているというだけではなく、ツヤと親密だったから、というのが殺害の動機なら、自分も同じ目にあってしまうのではないだろうか。

だが、ツヤの話を聞きたいという誘惑には勝てなかった。浅見は、ツヤが押さえている半開きにした扉の中に身を滑り込ませた。

ツヤはすぐに扉をぴったりと閉めた。

天井近くにあるはずの窓も閉めてあるとみえて、真っ暗になった。自分の体がどこにあるのかもわからないくらいの暗闇で、浅見は心許ない思いで突っ立っていた。

ツヤはなにをしているのか、どこかでごそごそという音がする。

そのうちにぽっと洋燈が灯って、ぼうっとツヤの姿が浮かび上がった。

「ツヤさん。こんなところで二人きりでいることを福本さんが知ったら、困ったことになりませんか」

ツヤは浅見を見上げて、なぜか嬉しそうに目を潤ませている。

「その時は、うちを助けとおせ。うちを連れて逃げとおせ」

助けて欲しいというのは、駆け落ちをしてくれという意味だったのか。

いや、まさか。

単純にここから逃げるのを手伝ってくれということだろう。

浅見は、そう自分を納得させて気持ちを落ち着かせた。

「あなたはこの村から出て行きたいのですか？」

ツヤはこっくりとうなずいた。

「今は自由な世の中ですよ。村から出るくらい、だれでもできるじゃありませんか。頼る人がいないということですか？」

「出られんのじゃ。うちは村を出て行くことができんのじゃ。主人が許さんき」

それならば離婚すればいいと思うが、ツヤを見る限り、そんな簡単なことではないのかもしれない。だがここで軽々しく約束をしていいものだろうか。

「福本さんは棟形さんに弱みを握られている、と言っていましたね。僕があなたをこの村から連れ出すと約束すれば、その弱みというのを教えてくれるのですね。あなたをこの村から出すために、僕はなにをすればいいのですか？」

「それは……今は言えん」

浅見が聞けば断るような危ないことなのかもしれない。

迷った。

もし人の道や法に反することだったら、ツヤとの約束は守れない。だが、福本の弱みとは福本が殺人者だということだろうが、詳しく知りたいという欲望が抑えられない。

「できるだけのことをする、というのではだめでしょうか」

「まっこと、できるかぎりのことをしてくれますね」

浅見が断ると思っていたのだろうか、ツヤの目は喜びで輝いた。その目の輝きとは裏腹に、ツヤの口から飛び出した言葉は予想通り、おぞましいものだった。

「主人は人殺しなんじゃ」

ついさっき紫堂からも同じことを聞いたが、ツヤから聞くのとは重みが違った。

それを棟形も知っているということか。それではなぜ棟形は殺されないのか、という疑問は残るが、ツヤは自分と福本の過去を話し始めた。

「主人とうちは槙山村《まきやまむら》の出なんじゃ。槙山村は高知のずっと東の物部川《ものべがわ》の上流にあるがよ」

そう言ってツヤは懐かしそうな、そして泣きそうな顔になった。

「そこでは主人は喜助《きすけ》ち、いい、うちは露《つゆ》ちいう名やった。戸籍ができる前のことやった」

露の父親はいざなぎ流の太夫《たゆう》だった。いざなぎ流というのは、平安時代から口伝《くでん》によって伝えられた祭文と祭礼を行なう、陰陽道の流れを汲む信仰である。家元である土御門家《つちみかどけ》から認可を受けた者は太夫と呼ばれ、民間の陰陽師として、さまざまな祭儀を執り行なうのである。

いざなぎ流は病気治癒の祈禱を行なったり、自然災害が起きたときには、山の神や水の神など、自然の中の神々の怒りを鎮める祈禱を行なったりするものである。自然と神仏に感謝し畏れ敬う信仰である、とツヤは説明する。

喜助は百姓の息子で、露の父親に弟子入りした時には、三十を超えていた。喜助には傑出した才があったらしく、その効力はものすごかった。しかし能力がありすぎたためか禁忌を犯してしまった。秘法中の秘法、魔を操り人を死に至らしめる呪法を使ってしまったのだ。

「うちには親同士が決めた許婚《いいなずけ》がおったがや。子供の頃からその人と一緒になるのやと思うちょった。けんど……」

喜助が弟子入りしてからというもの、露への執着はだんだん強くなっていった。露が十五歳になったある日、許婚は馬から落ちて死んでしまった。喜助が呪《のろ》いをかけたのだとだれもが思った。

師匠である露の父はそれを咎《とが》め破門した。逆恨みをした喜助は一人娘の露を連れて村を去った。すると間もなく露の父親も死んでしまった。喜助が呪い殺したものと思われた。

父の死は隣村で身を潜めていた時に聞いた。

槙山村の人々は喜助を捕まえて裁きを受けさせようとした。

喜助は緒智村に逃れるとともに喜代治と名前を変え、露の名もツヤと変えさせた。

「その頃、福本質店の店主は虎吉《とらきち》さんち、いう人やった。村の人とあまり付き合いがのうて、親類もいない孤独な人やった。主人はどんなふうに言うたのかわからんが、虎吉さんと叔父、甥の関係や、いうことにして、福本ち名乗ってここに住み始めたんや。虎吉さんはそれから一年もしないうちに死んでしもうた。たぶん主人が自分の秘密を守るために殺したんやち思います」

大きく息を吸って、ツヤは続けた。

「うちは主人が怖かった。あの人の行くところで次々と人が死ぬるのや。ずっと逃げ出したい思うちょった。けんど、逃げたら……どうなる思いますか？　他の人たちみたいに呪い殺されるに決まっちゅう」

青ざめた頰が引き攣《っ》っていた。ツヤがそう思うのも無理もない。親しい人たちが次々と死ぬのを見てきたのだ。

しかし浅見が連れて逃げたとしても同じことだろう。ツヤには「今は言えん」方策があるということか。

「棟形さんは虎吉さんが亡くなった経緯を知っていて、それで福本さんを自分の言いなりにさせているというのですね」

ツヤはうなずいた。

「棟形さんは福本さんに、他の人たちのように呪い殺されるかもしれない、という可能性はないのでしょうか」

「玉延がおるき」

「玉延さんが？　どういうことですか？」

「玉延は棟形さんの援助で生活しちゅう。昔、玉延がこの村に流れ着いた時、いろいろと世話をしたのが棟形さんで、今も棟形さんがおらんかったら暮らしていけんのじゃ。もし、主人が棟形さんを殺したら、玉延に呪い殺される思う。主人はそれを知っているのや」

棟形のような村の名士は常にまわりに人の目があって、福本は簡単には殺せないのだろう、ともツヤは言う。いざなぎ流は人を殺すには呪い調伏《ちようぶく》をするのだが、それに対しては呪詛返しというものがある。玉延が呪詛返しの術を使えるかどうかは知らないが、福本はそれを怖れているはずだと言う。

「池永さんのお粥を作ったのはうちじゃ。けんどお粥を持って行ったのは主人じゃ。あの人が毒を入れたのに違いないんや。亀井さんはきっともう死んじゅう。主人が殺したに決まっちゅう」

福本は棟形に言われ、石ヶ谷村に亀井を探しに行ったと言っていたが、表向きはそういうことにしておいて、紫堂の言うように死んでいなかった亀井を殺しに行ったのか。

池永が「亀井さんから聞いた」と言ったそのことを、福本の耳に入れたのは棟形だろう。

ツヤはいきなり浅見に抱きついてきた。痩せているのに柔らかな体の弾力と熱と匂いで、浅見は息ができなくなった。思わずツヤの体を抱きしめていた。

「もう耐えられん。一日だって、あんな人殺しと一緒におるがは耐えられんのじゃ」

ツヤのくぐもった声は嗚咽へと変わった。

5

浅見は部屋に戻ると全身の力が抜け、呆けたように座り込んでしまった。

蔵から出る時の恐怖は、まだ体の中に残っていた。戸を開けると、そこに福本がいるのではないか。恐ろしい形相で立ちはだかっているのではないか。そう思うと扉を開ける手が震えた。

だが福本はおらず、ツヤと蔵の中にいたことを知られることもなく、無事に戻って来られたのだった。

浅見は懐に入れていた三冊の本を畳の上に置いた。ツヤが亀井から預かったものだという。

ツヤは蔵の奥に行き、柳行李とごちゃごちゃとした小物が載っている簞笥《たんす》に手を掛けて半分ほど手前にずらしたのだった。そして簞笥の背板に括《くく》り付けてあった布袋を持ってきた。中に入っていたのがこの本だ。『長宗我部地検帳《ちけんちょう》』『御代官役場記録《おだいかんやくばきろく》』そして『棟形《むなかた》家由緒書《けゆいしょがき》』である。どれも和綴じの、ひどく古い本だった。

これを亀井がツヤに頼んで蔵に隠したというのだ。亀井がだれにも見つからないところに隠したい、と言うので一緒に蔵に入り、あの場所に隠した。どうやらその時に、浅見にしたのと同じ話を亀井にもしたようだ。亀井もツヤに、自分を助けて欲しいと持ちかけられたのだろう。その時に聞いた話の一部を池永にしてしまい、池永は亀井から聞いたと言ってしまった。それで池永は殺されたのか。

福本が平家穴の前で亀井を殺そうとした理由はわからない。亀井も自分の秘密を知っている、と思ったのか、それともツヤと二人で蔵の中に入っていくところを見てしまったからなのか。

浅見はぶるっと身震いをした。もし福本に見られていたなら、自分も同じように殺されてしまうかもしれない。

ツヤの気の毒な境遇を聞いて、なんとか力になってやりたいと思うが、自分になにができるのかまったくわからない。

ツヤは村から連れ出して欲しいと言っている。しかし簡単にできることではないのはツヤにもわかっているはずだ。なにか策があるらしいのだが、それは最後まで教えてはもらえなかった。

三冊の本を開いてみる。『長宗我部地検帳』は天正十七年（１５８９年）に作成されたものだ。

天正十七年といえば……。浅見は頭の中で日本の歴史年表を開いた。

「豊臣秀吉《とよとみひでよし》の時代じゃないか」

地検帳は豊臣秀吉の太閤検地の一環として作成されたものだろう。これが写本だとしても、こんな古い資料を亀井はどうしようとしていたのだろう。

最初のページには『高岡郡緒智村　片岡領』と書かれている。

浅見は一昨夜読んだ『片岡物語』を思い出した。あれはたしか、建久二年（１１９１年）に片岡氏がこの地を治めた時のことを書いたものだった。約四百年たっても、ここは片岡氏の領知だったわけだ。

ぱらぱらとめくって見ると、村の名前と所在地と広さ、耕作者の名前、栽培されている作物が延々と記載されている。ただそれだけの本だ。

浅見は首をひねった。これがなんだというのだろう。亀井が調べていた安徳天皇の御陵とは、なんのかかわりもない気がする。

『御代官役場記録』のほうは寛政五年（１７９３年）とある。江戸時代だ。

「寛政の改革が行なわれた頃だよな」とぼんやり考える。地検帳ほどではないが、こちらもひどく古い。そしてすべて漢文で書かれている。拾い読みしてみると、村の惣百姓《そうびゃくしょう》つまり本百姓が他の村から入ってくる百姓に小作地を奪われないよう、規制して欲しいという訴えの記録などである。最後のページには『小松蔵書』という印が押されていた。

小松から借りた本だったらしい。亀井に貸した本はほとんどが写本だと言っていたが、この本もたぶん写本なのだろう。亀井はあっという間に読んでしまって返したと言っていたけれども、これは返していなかったらしい。『長宗我部地検帳』のほうも見てみると、こちらにも小松の蔵書印が押されていた。

しかし『棟形家由緒書』のほうには蔵書印はなかった。

中の系図は桓武天皇から始まって葛原《かずらわら》親王、高見王《たかみおう》とあり、その何代もあとに忠盛《ただもり》、清盛の名前があり、清盛の四男の知盛の名前がある。

知盛の名前の脇には初代と記されており、ここから新たな系図が始まったかのように書かれている。没年は貞応《じょうおう》二年（1223年）となっている。壇ノ浦の戦いが元暦《げんりゃく》二年（1185年）だから、一般的に没したとされている年よりも、三十八年も長く生きたことになる。二代目は「安盛」と記されており、当然のように壇ノ浦の戦いのあとに生まれている。『片岡物語』と一緒に借りた『横倉山確証記』は四代目の平種盛が書いたとされているが、その種盛の名前もあった。

浅見が知っている歴史は、知盛の息子は知章《ともあきら》だ。他にも何人かいたが、名前までは覚えていない。

弱冠十六歳の知章は、一ノ谷の合戦で父知盛を助けて逃れさせ討死にしたはずだ。知盛がこの地にやって来て子をもうけ、その血筋が連綿と現代まで続いたのが今の棟形家だ、などとどうして信じられるだろう。

系図には知盛から数えてちょうど三十代目が、棟形知親で、息子は知正である、という所までが書かれている。

浅見は腕を組んで低くうなった。

小松に案内してもらった知盛の墓を思い出す。苔むした、ただの石ころにしか見えない粗末な墓。小松の先祖だということになっている有盛の墓もそうだ。

やはり安徳天皇に付き従い、知盛もこの地に来たのだろうか。

それにしても棟形の家の由緒書を、なぜ亀井が持っているのか、そしてなぜ「だれにも見つからない」場所に隠しておいたのか、まったくわからない。

浅見はとりあえず、三冊の本を鞄の一番底に仕舞い込んだ。

ツヤはこの本を浅見の胸に押しつけて、亀井は死んでしまったので、どうしようかと思っていた、とほっとしたように言った。思わず受け取ってしまったが、やはりもう少しの間、あの場所に仕舞っておいたほうがいいのではないだろうか。

なんとか機会を見つけて、もう一度ツヤに仕舞ってもらうことにしようと決める。

鞄の上に小松から借りた本を載せ、その上に寝間着を掛けて「これでよし」と、とりあえずつぶやいた。

その時、廊下をばたばたと走る音が聞こえて、部屋のドアが乱暴に開いた。

「浅見、大変だ」

紫堂が入ってくるなり崩れるようにへたり込んだ。

「大変だ。大変なんだ」

かすれた声で繰り返すばかりで、一向に要領を得ない。

「どうしたんだよ。なにかあったのか？」

見れば紫堂の着物も袴も泥で汚れていた。

「か、亀井さんが、亀井さんが平家穴で死んでいた」

それだけをようやく言うと、ツバを飲み込んで肩で息をした。

平家穴のところから、ずっと走ってきたのかもしれない。

「だけど平家穴は青年団も調べただろう？　どうして……」

「間違いない。俺はたしかに見た。ちゃんと……ちゃんと脈があるかどうか確かめもした。

亀井さんは死んでいた。死んでいたんだ」

「間違いないんだな。平家穴の中にいたんだな」

紫堂は力を込めて何度もうなずいた。

「とにかく棟形さんに、いや駐在さんが先か。はやく知らせなきゃ」

「そうだな」

浅見が部屋を出て行こうとすると、福本が立っていた。話を聞いていたようで、さすがに顔色を変えている。

福本にも「駐在さんを呼んでくる」と告げて、外に走り出た。

通りを走りながら、浅見は玉延の言葉を思い出していた。

『五人目は東京から来た若い男じゃ』

『これで六人目じゃ』

池永が死んだ時には、もうすでに亀井が死んだことを知っていたのだ。

玉延はどうやってそれを知ったのだ。

第六章　平家穴

1

浅見の話を聞くと、巡査は小馬鹿にしたように笑った。

「なに寝ぼけたことを言うておる。あそこはわしが二回も調べたんじゃ」

「いや、しかし紫堂が見たと……」

「おまんの友達じゃろ。牧野といい粗忽者《そこつもの》ばかりじゃ」

巡査といえばだれにでも威張りちらすことで知られているが、さすがにこの非礼な態度には浅見もカチンときた。それでも平家穴に見に行ってもらいたい一心で、年下の巡査に頭を下げた。紫堂のようすからして、勘違いや見間違いであるはずがない。

「確かなんです。亀井さんの脈がないのも確認しています。一緒に来てください」

「わしは忙しいんじゃ。帰れ帰れ」

犬を追い払うように手を振った。

この巡査では埒があかない。

浅見は駐在所をあとにして、どうしたらいいか考えた。

自分たちで亀井の遺体を運んでこようか。

いや、そんなことをしてはどうして亀井が死んだのか、その原因を突き止める証拠を損ないかねない。

「そうだ」

思わず声が出た。

棟形に頼んでみよう。あれほど亀井の行方を気に掛けていた棟形だ。きっと巡査を説得してくれるに違いない。

棟形の家に向かう途中、向こうから空の大八車を引いた男たちに出会った。男はもう一人の男と声高に話をしている。

「バチが当たったんじゃろな」

「そうじゃな。御陵を嘘っぱちじゃ言うたからな」

憎々しげに言ってうなずきあっている。池永のことを言っているに違いない。村人はだれもかれも池永を非難していて、死んでしまったあとまで、こうやって悪しざまに言われるとは気の毒な限りだ。だが、浅見が気になったのは、筵《むしろ》を載せた空の大八車だ。聞き耳を立てると、「焼き上がるのは夜になる」という話が聞こえた。

「あのう、焼き上がるというのは？　ご遺体ですか？」

突然声を掛けられて、男たちは驚いていたが、「ああ、そうじゃ」と答えた。

浅見は自分の勘が当たってしまい、絶望的な気持ちになった。それでもまだ半分は、まさかと思っていた。

「ええっと、それは……どなたの……」

「どなたもこなたもねえよ。あの池永っちゅう訓導じゃ」

「そんなばかな」

浅見は思わず詰め寄った。

男たちは、「ほがなこと言われても」と腹立ち紛れに浅見を突き飛ばした。

がらがらと音を立てて大八車が遠ざかっていく。

「大丈夫ですか？」

身なりのいい若い商人風の男が浅見を助け起こした。

「乱暴な人たちだ」

親切にも浅見の背広の埃を払ってくれる。

「ありがとうございます。僕が悪いのです。つい感情的になってしまって」

「あっ、怪我をしちゅうよ」

尻餅をついた時に手のひらに擦り傷を負っていた。

「大丈夫です。たいしたことありません」

そう言って泥を払った。

「洗ったほうがええよ。うちはすぐそこやき」

男は浅見を半ば強引に連れて行く。浅見は好意に甘えることにした。

連れて行かれたのは棟形運送店だった。

「ひょっとしてあなたは棟形さんの息子さんですか?」

「ええ、そうです」

自分は息子の知正だと名乗った。

色白で下ぶくれの丸顔、目鼻は小さく印象の薄い顔だ。父親はやり手の商人といった感じでギラギラしているのに、知正にはそんなところが少しもなかった。

「ちょうどよかった。お父上にお願いがあって、こちらに来るところだったのです」

「父は今、出掛けゆうがすぐに戻るはずや。中でお待ちになったらええ」

正面の店ではなく勝手口から中に入った。夕食の支度にはまだ早い時間のせいか、台所にはだれもいなかった。

知正は桶に水を汲んできて浅見の前に置いた。

「さっきはなにを揉めちょったがや？」

「小学校の訓導の池永さんが亡くなったのはご存じですよね」

浅見が屈んで手を洗うと、知正は手拭いと膏薬を渡してくれた。よく気がつく細やかな性質の人らしい。

「風邪をひいたと言っていたのに、突然苦しみだして亡くなったのです。そばにお医者がいましたが、不審な点があるので警察に報告すると言っていたのです。だから僕も池永さんの遺体は検視されることになると思っていました。それなのにもう焼いてしまったと聞いて、思わずかっとなってしまったのです」

「ちょっと待ってください。不審な点ってなんですか？」

知正は表情を変えて、浅見から受け取った手拭いを桶に入れた。

「お医者は、はっきりとは言いませんでした。でも僕は毒を盛られたのではないかと思っています」

「そうですか。父はそれを知らんかったんやろか」

知正は顎に手をやって考え込んでいる。

「お父上がどうかしましたか？」

「少し前、小学校の校長が来たんや。池永さんの遺族に電報を送ったのは校長先生じゃったけんど、父とそのことを話しちょりました。電報が届いてからこっちに来るまでに、何日かかるいうようなことを話しちょったが、この陽気では遺体が腐敗してしまう、いうことになったがや。二人はそんならすぐにでも火葬したらどうじゃろ、いうことで話がまとまったようなんや」

「お医者の話が、校長やお父上まで伝わっていなかった、ということなのですね」

浅見はそう言いながら、なんでも棟形に報告する巡査が、それを知らせなかったことに不審を抱いた。知っていてさっさと火葬してしまったのではないだろうか。さっきの巡査の面倒くさそうな態度を浅見は思い出していた。棟形や校長も面倒を避けたのではないだろうか。

「父に頼みがあるいうがは、そのことですか？」

「いえ、違うのです」

「亀井さんの遺体が……」と言いかけて、浅見は思いとどまった。

棟形に言ったところで巡査と同じ反応が返ってきそうだし、悪くすれば、また勝手に遺体を動かして火葬してしまうかもしれない。

「ご不在でしたら、出直してきます」

浅見は傷の手当ての礼を言って、棟形運送をあとにした。

急いで立場に向かい人力車を雇う。

「佐川分署までお願いします」

車夫は少し考えて、「ああ、佐川の警察署だね」と言うと同時に走り出した。

2

佐川村は城下町の風情のある落ち着いた家並みが続いていた。緒智村に行く時に通るには通ったが、村の中心部は見ていなかったので、村に来た目的も忘れ、立ち並ぶ土蔵の白い壁に見入っていた。

佐川分署の前で俥が停まり、自分がなにをしに来たか思い出した時には身がすくんだ。なにも考えずにここまで来てしまった自分を呪いたくなった。

ただの旅行者にすぎない自分になにが言えるだろう。そもそも話を聞いてもらえるのだろうか。

佐川分署の入り口はアーチ型で、白い壁と緑の屋根、二階には露台のある洋風建築の洒落た建物だった。

浅見は二、三度深呼吸をして玄関のドアを開けた。広い部屋の正面と左側の壁に腰高の硝子《ガラス》障子《しょうじ》の戸がある。真ん中に事務用の机が三つほど並べてあって、巡査と思われる男が一人、書き物をしていた。

浅見が入っていくと巡査が顔を上げた。おそろしく長い顔で髭が濃く、目つきが悪い。

「なんの用じゃ」

低くドスの利いた声に、浅見はますます狼狽《うろた》えてしまった。

馬面の巡査は浅見をじろじろとうさんくさそうに見る。

こういう時には相手の名前を呼んで、親近感を演出するのがよい、とだれかが言っていた。

机の上に載っていた封筒に、「牛島豊太郎《うしじまとよたろう》様」とあるのを見て、この巡査は牛島という名前なのだろうと当たりを付けた。「牛島さん」と呼びかけようとしたのに、出てきた言葉は思いもよらないものだった。

「ウマヅラさ……あっ。いや、そのう……」

気まずい沈黙が流れ、浅見は冷や汗をかいた。

「なんの用じゃ」

さっきにも増して声に棘《とげ》がある。

「ええっとですね。僕の友人の友人が三日前から行方知れずだったのですが、今日見つかりまして……」

こんな言い方では駄目だ。署に入る前に、どんなふうに言うか練習したはずだが、すっかり忘れてしまっていた。

「見つかったのか、よかったな。さあ、帰ってくれ。仕事の邪魔や」

浅見はもう一度深呼吸をした。落ち着け。事実をそのまま言えばいいんだ。

「遺体で見つかったのです」

牛島は持っていた筆を置いて、浅見に向き直った。

「場所は？」

「横倉山の平家穴の中です」

「横倉山だと？　緒智の駐在には行ったのか？」

「ええ、もちろんですよ。真っ先に行きました」

浅見は緒智村の巡査とのやり取りをかいつまんで話した。

「二回も調べたんやろう？　それなのにひょっこり死体が現れたというがか？」

牛島はあからさまに馬鹿にして小鼻をふくらませた。

「緒智の駐在に相手にしてもらえんかったき、こっちに来たんじゃろ。だれが聞いたち、まともな話とは思えん。おまんの戯言《たわごと》に付き合《お》うちゅう暇はないぜよ。帰れ帰れ」

ここでもまた同じ扱いを受けて、すごすご帰るのかと思うと情けなくなってくる。

「お願いです。一緒に行っていただければわかります。これは事件です」

思わず口をついて出た言葉に浅見自身が驚いた。だが、心の奥でずっと変だと思っていたのだ。

亀井が平家穴に宝を盗《と》りに行ったと仮定して、穴の前で転んで頭を打ったというのは、ありえないことではないが、とても不自然だ。特別な状況でない限り、転んだりするような場所ではない。足場はそれほど悪くないのだ。

百歩譲ってそこで転び、気を失ったとして、そのあとはどこにいたのかという疑問が残る。三日たって突如として亀井の遺体が平家穴で見つかったのも、とても自然な成り行きとは言えない。これが事件でなくてなんであろう。だれかがなにかの意図でかかわっているに違いないのだ。

「事件だと？　素人が探偵気取りか」

牛島は吐き捨てるように言うと、立ち上がって浅見の肩を押した。

「とっとと帰れ」

「なにをするんです。乱暴な。僕はただ……」

「これ以上邪魔をすると逮捕するぞ」

牛島は声を荒らげた。

「どうしたがや」

奥の硝子障子が開いて、署長と思われる人物が出てきた。立派な髭をたくわえた五十がらみの小男で、牛島と比べると体の厚みが半分ほどしかない貧相な男だった。

「署長、この男が横倉山で死体が出たらあて大騒ぎしちゅうのやけんど、緒智の駐在に相手にされんもんがやき、こっちに持ってきたんですよ。まずはあっちでなんとかするようにと、お引き取り願《ねご》うちょっていたとこです。けんど耳を貸さんのですよ」

さも困り果てたというように肩をすくめた。

「ほう、横倉山でね。けんどおまんは緒智の人じゃあないろう？　だれなんやね」

署長は背広姿の浅見をじろじろと見た。

「僕は東京の浅見ともうします。友人から手紙が来まして、遊びに来るようにと……」

「ちょっと待った。東京の……浅見……。兄弟はおるかね？」

「はい。兄が一人」

「浅見……陽山？」

「兄をご存じですか」

思わぬ所で兄の知り合いに出会ったものだ、と浅見は破顔した。

「いや、知り合いというんじゃない。もう一度訊きますが、警保局長の浅見陽山殿の弟君《おとうとぎみ》ですか？」

「そうです。やっぱりご存じなんじゃないですか。兄がお世話になっております」

浅見は頭を下げた。

「いや、いやいやいや。頭を上げてください。浅見陽山とゆうたら、あの貴族院議員の清浦奎吾《きようらけいご》先生と同じく、三十代で警保局長になられたかたやからなあ、大したものです。ささ、どうぞこちらへ」

と署長室のほうを手で示す。

「牛島、なにをぼんやりしちゅう。お茶を持ってこんか」

署長室のソファに身を沈めると牛島が入って来た。お茶を浅見の前に置くと最敬礼をする。

「いやあ、なんというか、大変失礼しました」

「牛島、おまんなにか粗相があったんやないやろうな」

署長に咎められ、牛島は大きな体をさらに小さくして頭を下げた。

「牛島さん。やめてください。僕のほうこそ済みませんでした。要領を得ない話をして、牛島さんの手を煩わせてしまいました」

それに間違えたとはいえ、馬面さんなどと言ってしまった。

牛島が出ていくと、浅見はもう一度亀井に関しての話をした。署長は不可解だというように眉を寄せた。

「とにかく牛島に見に行かせましょう」

署長はそう約束してくれた。

3

浅見は一足先に緒智村に戻り、福本質店で牛島が来るのを待つことになった。紫堂はおらず、なぜか小松が浅見たちの部屋にいた。そして驚いたことに泣いていた。

「どうかしましたか？」

「いや、お恥ずかしい」

小松は慌てて涙を拭いた。部屋の隅で浅見に貸した本を手に取り、読んでいたようだ。

浅見はドキリとした。

浅見が借りた本は旅行鞄の上に置いてあり、その上に寝間着を掛けていたはずだ。そして旅行鞄の底にはツヤから渡された三冊の本が隠してある。そのうちの二冊はもともと小松のものだったようだが、棟形家の由緒書と一緒に、だれにも見つからないようにと亀井が隠したものだ。

ツヤにもう一度隠してもらう前に、紫堂以外のだれかがこの部屋に入るとは考えていなかった。

まさか鞄の中は見ていないとは思うが。

「紫堂はどこですか?」

「平家穴のところへ行ったがや」

浅見が怪訝な顔をしたせいか小松は説明を始めた。福本に用があって来た小松は、亀井の遺体が平家穴で見つかったことを知った。浅見が巡査を呼びに行ったが、なかなか戻って来ない、と紫堂が言うのを聞いて、だれかが平家穴に入るようなことがあってはいけないという話になり、紫堂が平家穴のところでだれも入らないように見張りをすることになったという。

浅見の視線が、小松の手元に注がれているのに気付いて、小松は「ああ」と照れたように頭に手をやった。

「私の本がちらりと見えたもんじゃき、つい手に取ってしもうた。亀井さんとこの本についてずいぶん話をしました。亀井さんは私の他には、こういう話をする人はおらん言うて、夜が更けるのも忘れて話しちょった。私だって安徳天皇がどんなに大変な思いをされて緒智においでになったか、そがなことを話してわかってもらえるがは亀井さんだけじゃ。亀井さんの姿が見えんようになる前の晩も、『ほんなら、また明日』と言うて別れたのや。かけがえのない人やった」

小松は声を詰まらせ涙をこらえている。

浅見は、小松が池永を毒殺したのではないか、とまだ疑っていた。村の中にそう何人も殺人犯がいるはずがないという思いから、亀井が殺されたとしたら、それは小松が手を下したのではないかとどこかで思っていた。

しかし小松の、この涙はとても嘘とは思えない。少なくとも小松が亀井を殺すようなことはないだろう。

「小松さん、亀井さんから頼まれた本をご覧になりますか？」

亀井が小松に貸すと約束していた本だ。湯島の下宿から浅見が持ってきたものの中にあるはずだ。

浅見は旅行鞄を開けた。鞄の中は、今朝浅見が閉じた時からなにも変わっていないように見えた。

亀井が下宿から持ってきて欲しいと頼んだ五冊の本を、小松の前に並べる。

「ああ、これこれ」と小松は『養和帝西巡記』を手に取った。「私に貸してくれると約束しちょった本や」

「約束していたのは、それ一冊ですか？　他のは違うのですか？」

小松は他の四冊をちらりと見た。

「ええ、この本だけや。他のはきっと亀井さんがなにか調べたいことでもあったがやろう。あの時、亀井さんとちょっとした論争になりまして、私があまりにも頑固に安徳天皇が眠るのは横倉山で、ここ以外はみんな偽物や言い張るき、亀井さんが読んでみるとええ言うたのです。『安徳帝の御陵墓は全国に何十か所とあるけんど、それぞれが自分とこの御陵墓は本物や思うているのやないか。やき、そがな言い方はようない』と叱られました。あの人はそがな公平な見方をする人やった。もっとも亀井さんも、横倉山の御陵墓こそ本物や言うとりましたがね」

亀井から本の内容も聞いていたのだろう。曲亭馬琴、藤原経房と書かれた附紙を見てうなずいている。

「それはどういうことなのですか」

「藤原経房というがは平安時代末期の公卿なんや。安徳天皇と同じ時代に生きた人や。経房は二位の尼、つまり平清盛の妻の命《めい》で壇ノ浦から安徳天皇を守って、摂津の山里、能勢まで逃れたんやそうじゃ」

小松はそこで言葉を切って、『養和帝西巡記』に目を通し始めた。しばらくして顔を上げた。

「その経緯を書いた遺書が、江戸時代の末期に能勢の民家の屋根裏から見つかったと書いてあります。竹筒に入れちょったようすが、事細かに書いてある。これを読む限り遺書の内容は本物やいう気がしますね。浅見さんもあとで読んでみるとええ」

この遺書が発見されると、江戸をはじめ、京や上方でも噂となった。曲亭馬琴もそれを聞きつけて、ぜひその遺書を読んでみたいと熱望し、二年後にやっと写本を見ることができた。しかし馬琴は、誰か物好きが書いた小説であろうと随筆集『玄同放言《げんどうほうげん》』にも書いているという。

「馬琴は嘘だと決めつけたのですね」

「そうじゃ。けんど本当や言う人もおって、肯定派と否定派に分かれたようじゃのお」

小松は本に目を遣りながら言った。

日本各地に、安徳天皇が御潜幸になったという伝説があり、その土地土地で遺された御陵などが尊崇の対象になっている。どこが本物か、という議論は意味がないことのようにも思える。

小松は本の表紙をじっと見つめて、涙ぐんでいた。

「亀井さんと、もっと話をしたかった。どういて若い人が次々と死んでしまうんやろう」

池永のことも思っているらしい。その表情はとても演技には見えない。もし池永を毒殺しておいて、こんなことを言っているのなら、小松はものすごい演技力の持ち主ということになる。

ツヤの言うように、亀井も池永も殺したのは福本かもしれない。

浅見は自分の直感を信じてみることにした。小松は見たとおりの、誠実で善良な人物なのだと。

「小松さん、見ていただきたいものがあります」

浅見は鞄の中から『長宗我部地検帳』と『御代官役場記録』を取り出した。

「ああ、これは私が貸した本じゃのお。私の祖父が古い書物を集めるのが趣味で、訳のわからんもんが蔵にあってな。亀井さんに自由に見てもらったことがあるんや。これを借りたいち言うき、変わったもんに興味を持つんじゃのお、ち笑ったんじゃ」

するど亀井は、地検帳のほうに小松の名前があるが、先祖ではないかと言う。

「亀井さんに言われるまで、すっかり忘れちょった」

自分たちの祖先は南川村から緒智に移住したのだ、と父親に教えられていたことを数十年ぶりに思い出したという。

「ほら、ここや」

小松が指を指すところを見ると、小松越中守《えっちゅうのかみ》という文字が読み取れる。

「ご先祖は守名乗《かみなの》りをしていたのですね。すごいですね」

「いやあ、先祖といっても本家のほうじゃ。うちは分家やき」

小松はあくまでも謙虚だ。小松の先祖は百姓といっても大名主であり、たくさんの小作人を抱えていたという。しかも当時は一領具足《いちりょうぐそく》といって平時は農民だが、戦が起きると武器を手にして戦い、「死生知らずの野武士」として怖れられた。

その後、長宗我部氏が関ヶ原の戦いで西軍に与《くみ》したため、戦後に改易となった。そのあとに土佐を与えられた山内一豊《やまうちかずとよ》は、一領具足を郷士《ごうし》として取り立てたのだそうだ。

「郷士というのは？」

「一領具足は長宗我部家の旧臣やき。彼らを懐柔するためやったんや。一応武士の身分を与えたいうことやけど、実質は一領具足となんら変わるところはないがです」

しかし江戸の中期になると、生活に困窮して郷士株を売るものが増えていった。その頃は新規の郷士の取り立てはなくなっていたが、もとの郷士が病気や貧困のために、郷士の格式と領知を他人に売り渡すことが認められていたという。

「小松家も生活に困って郷士株を売ったち聞いちゅう」

売った金を元手に呉服屋を始めたが、本家のほうは跡取りができずに滅んでしまい、分家である小松の曽祖父が残ったということらしい。

「分家とはいえ、小松家の血脈は実質、引き継いでいるということですね」

「まあ、そがなことになりますね」

小松は照れたように微笑んだ。

「棟形さんも郷士やったらしいのやが、棟形家は先祖代々商売が上手いんじゃろうな。株を売ることなく、ああやって今も安泰で暮らしじゅう」

棟形の名前が出て、浅見は迷いが吹っ切れた気がした。『棟形家由緒書』は小松の蔵書ではないので、このまま見せずにおこうかと思っていたのだ。

浅見は鞄から『棟形家由緒書』を取り出し、三冊を並べた。

「亀井さんは、この本をだれにも見つからない場所に隠していたそうなんです。隠す手助けをした人から、僕は今日渡されたのですが、どうして隠す必要があったのでしょう」

「……棟形家？」

小松は不思議そうに手に取って中を見ている。

「棟形さんの家の由緒書を、どういて亀井さんが持っちゅうんやろな」

「そうですか。小松さんにもわかりませんか。亀井さんが隠しておきたかった理由もわかりませんから、しばらくのあいだは、もとのところに隠しておこうと思っています」

「それがええな。亀井さんが亡くなったことと関係があるかもしれん」

小松が言い終わらないうちに、玄関のほうで人の話し声が聞こえた。牛島が来たようだ。

浅見は三冊の本を鞄の底に仕舞い、急いで部屋を出た。

牛島は佐川分署の巡査を二人と、緒智の巡査を伴っていた。浅見の話を信じてくれた署長に心から感謝した。

いつの間に来たのか棟形がいて、まるで自分のために牛島が来てくれたかのように、おおげさなくらいに礼を言っている。棟形に無視されたかたちの、緒智村の巡査は仏頂面でそばに立っていた。

牛島は浅見の姿を見ると、手揉みせんばかりの笑顔で近寄ってきた。

「浅見さん、お待たせいたしました。人員を揃えるのに手間取ってしまいまして申し訳ございません。さ、参りましょうか」

それを聞いていた棟形は、奇異な目で浅見と牛島を見比べたあと、福本に向かって言った。

「おまんも一緒に行きなさい」

福本は「わかりました」と頭を下げた。

浅見はちょっと嫌な気がした。亀井を殺した犯人ではないか、と疑っている福本は証拠を隠滅してしまうのではないかと怖れたのだ。だが、これだけ警官がいる中で、おかしなまねができるはずはない。

棟形と福本のやり取りを聞いていた小松は、「私も行ってもええろうか？」と遠慮がちに訊いた。

「すみません。あれの番をしていていただけませんか」

小声で言ったが、万一だれかに聞こえた時のことを考えて、おかしな言い方をした。だが小松はわかってくれたようで、「そうします」と了解してくれた。

「戸板を持て」

と牛島が巡査に命じている。福本が雨戸をはずし、緒智村の巡査と一緒に運んだ。

一行が出発していくらも行かないうちに、棟形の息子の知正が小学校の陰から出てきた。浅見を見て、なにか言いたそうにしている。

浅見は警官たちから離れて近づいて行った。

「浅見さん、どうかしましたか？」と牛島が呼び止める。

「あ、いえ。あそこに……」

知正がいるので、と言おうとして振り向いたら、もう知正の姿はなかった。

4

棟形は福本質店の居間の、いつもの場所に座っていたが、ひどく落ち着かなかった。ツヤにお茶を持ってこさせ飲んでいても、斜め向かいに座り、気取った手つきでお茶を飲んでいる小松が目障りでならなかった。

かつて小松は、こんなふうに福本質店で長居するようなことはなかった。

棟形は以前から小松が苦手だった。上品ぶって取り澄ました態度や表情や物の言い方が気に障るのだ。

なにより棟形を苛立たせるのは小松の息子だった。三人いる息子はみんなできがよく、長男は高知県庁、次男は大阪で医者として働き、末の息子が呉服店を継いでいる。長男は呉服屋を嫌って継いでくれなかった、などとわざとらしく言っていたが、得意そうな顔をしていた。棟形の息子が跡を継ぐのを嫌がっていたのを知っていて、わざと棟形の前で言うのだ。

浅見といつの間に親しくなったのか妙な内緒話をしていたのも、ひどく気になった。

「浅見という人は、ちっくと変わった人やな。捉えどころがないというか、飄々《ひょうひょう》としちゅうが腹に一物ありそうな男や」

棟形は牛島という佐川の巡査が、いやにへりくだった態度だったのを思い出しながら言った。

「そうですか？　私は素直なええ青年や思いますよ。礼儀正しいし、若いのに優しい心遣いのできる人や。きっと育ちがええのやろうな」

なぜ小松はいつも、人の心を逆なでするようなことを言うのだ。

棟形はこの男が心底嫌いだと改めて思った。

「探偵やと聞いたけんど、どうも胡散《うさん》臭いやつじゃ」

「探偵ですか？　私は代言人の卵やと聞きましたよ。からかわれたんじゃのお」

小松は「ほほほ」と笑った。その気取った笑い方もかんに障る。たしかにからかわれたのかもしれない。自分には嘘を言い、小松には本当のことを言った二人は許しがたい。

「浅見さんは、熱心にいろいろなことに興味を持って調べる人じゃのお。探偵、言われれば信じてしまいますよ。亀井さんもそうでした。あの若さでどういて死なんとならんかったのか……。悔しいですよ。私のような年寄りならともかく、若い人が死ぬるというがは実に辛いものや……」

小松は言っても仕方のないことを、くどくどと言い続けている。棟形はもう聞いていなかった。さっきの牛島の態度といい、小松の浅見評といい、今まで浅見は存在感がなく気にも留めていなかったが、いったいどういう人物なのか気になってきた。

緒智の巡査は、亀井の死体の話は浅見から聞いたが、馬鹿馬鹿しいので追い返したと言っていた。それを佐川分署のほうで、こんなにも迅速に対応するというのも解せない。平家穴はこちらでくまなく捜索したのだから、緒智の巡査の対応は至極当然だ。

小松と顔を突き合わせているのも息が詰まるので、一旦家に帰ることにした。

巡査たちが戻る頃を見計らって、また来ることにする。

質店の玄関を出ると、すっと身を隠す人影が見えた。庭に通じる小径に入っていくと知正が立っていた。

「なにをしちゅう」

知正は唇を噛み、気まずそうな顔でうなだれている。

「なんとか言わんか」

「待っとるんです。亀井さんの遺体が見つかったと聞いたき」

「おまんが亀井さんのことを気に掛けちょったとは知らんかったな。親しかったのか？」

「いいえ、そがなことはありませんが、ただ気になって」

知正は正直に話していないような気がした。

何かを隠している。ただの勘ではあるが。

「中で待っちょったらどうや。小松さんもおるぞ」

「はあ、けんど……」

知正が、こういう煮え切らない態度を取るのはいつものことだった。

問いただしたところで、まともな答えは返ってこないのだ。

棟形は表通りを自分の店へと向かった。空を見上げ、そういえば今日は朝から天気がよかったのだと思った。亀井の遺体が見つかったことで、ほんの少し気分が軽くなり、空を見上げるゆとりができたようだ。

亀井は怪我をしたが、どこかに身を潜めていて、平家穴に舞い戻って死んだということなのだろうか。

棟形運送店が見えてきた時、知佳が店から出てきた。父親の姿を認めると小走りに駆けてきた。

往来を駆けるなど、いつまでも子供のようではあるが、棟形にとってはそこも可愛らしくてたまらなかった。知佳がいるおかげで、人生がどれほど明るく幸福に満ちたものになっただろう。おかしな言い方だが、一点の曇りもない愛らしい娘に感謝したくなるのだった。

「お父様、玉延さんが来ちゅうよ。大事なお話があるんやって」

急いでいるようなので、棟形を探しに出たのだと言う。

「そうか。わかった」

「亀井さんの遺体が見つかったそうじゃね。よかったのお」

「ああ、そうじゃな」

「お兄様がまっこと驚いちょった。お顔が真っ青やった」

「どういて知正がそがに」

「知らんがかえ？　亀井さんとお兄様は仲がよかったんじゃ。時々、裏庭でお話ししちょった。家に上がってもろたらええのに、と思うちょった」

知佳はそう言うと、一足先に店の中に入っていった。

棟形が店に入ると、「お帰りなさいまし」と番頭や小僧が声を揃えた。気のせいか、いつもより店の者たちに活気がある。それは帳場に座っている陰気な知正がいないせいではないかと、つい考えてしまう。

やはり棟形運送店は知佳の息子に継がせたい。知正はこれから始める製紙工場の監督をさせればいい。知佳の結婚相手も、まだ自分の胸の裡《うち》にあるだけなのに、我ながら気の早いことだと棟形は笑った。

客間に通された玉延は、縁側に座り庭を見ていた。棟形が入っていっても振り向きもしない態度に少なからず不愉快になった。

年を取った玉延は以前のように祈禱や占いで稼げなくなっていた。新しい考えが入ってきて、拝み屋に頼む人が少なくなったという事情もある。

玉延が緒智にやって来てから、棟形はずっと援助を続けていた。最初こそ棟形に感謝して、頭が上がらないといったようすだったが、いつの頃からか横柄になって、その態度が気に障るようになってきた。特にこの数年、金の無心にも遠慮がなくなってきた。

「急ぎの用があるとか？」

玉延は返事をしない。

棟形は女中にお茶を持ってこさせた。もちろん自分の分だけだ。玉延が客間に上がることだって、厚かましいのだ。

どうせまた金の無心だろう、と放っておいた。しばらくして玉延はようやく口を開いた。

「亀井の死体が見つかったそうじゃな」

「ああ、そうじゃな」

「知っちゅうか？　亀井は五人目ぞ」

そういえば池永が死んだ時に、六人目だと言ったらしい。池永の死の前に亀井は死んでいたということか。だがそんなことはどうでもいい。どっちが先だろうが、二人とも死んでしまったのだ。

「七人目は浅見じゃな」

「えっ」

玉延の口からその名前を聞いて、棟形は背筋が寒くなる思いがした。

5

平家穴の前では、紫堂が石灰岩の上であぐらをかいて待っていた。大勢でやって来たので目を丸くしている。

「いったいどういうわけだ」

「いろいろとあってね。佐川分署の署長さんが親身になってくれたんだ」

紫堂は「ふーん」とわかったようなわからないような顔だ。

巡査たちは、それぞれが持っているカンテラに火を入れた。

「戸板はここに置いて、まずは中に入る」

牛島のかけ声で巡査と福本が次々に平家穴の中に入っていった。浅見は紫堂のあとに入ることになった。縦に細長い岩の割れ目は、体を横にしなければ入ることができない。岩に摑まり足を伸ばすと、つま先が平らな岩に触れた。そこに体重を移し、体を滑り込ませる。

暗闇の中で、埃臭いような澱《よど》んだ空気が体にまとわりつく。

最初はカンテラの明かりが点々と見えるだけだったが、すぐに目が慣れ洞窟全体がぼんやりと見えた。

小松が言っていたように、中はそれほど広くない。幅は二メートル弱。奥に行くほど広くなっていて、十二メートルほどの下り坂になっている。

石灰岩の洞窟といえば鍾乳洞を思い浮かべるが、どこも乾いていて浅見が知っているじめじめした鍾乳洞とは違っていた。

たしかにここは、雨水の浸食によってできた洞窟ではなく、落盤によって作られたもののようだ。

ところどころに大きな岩があるが、死角になるようなところもなく、一見して宝がありそうにも死体がありそうにもない。

巡査たちはカンテラをかざし、岩の陰などを見ていたが揃って紫堂のほうに向き直った。

真っ先に口を開いたのは、緒智村の巡査だった。

「わしはここを二回確かめた言うたよな。どこに死体があるがか。だれが見てもないもんはないんじゃ」

紫堂と浅見を非難の目で睨み付けた。牛島をはじめとする他の巡査たちも、困ったようなどこか迷惑そうな顔で紫堂がなにか言うのを待っていた。

「みなさん、まずはカンテラの明かりを消してください」

紫堂は、どういうわけか芝居っけたっぷりにみんなを見渡して言った。

「カンテラを消せとは、どういうわけや。真っ暗じゃなにも見えんやろう」

牛島は、紫堂が浅見の友人と知ったためか、かなり丁寧な言葉遣いだが、わずかに咎める調子がある。

「俺は今日、提灯を持ってここに入りました。平家穴の内部がどうなっているのか知りたかったんです。純粋な科学的好奇心というやつです。決して宝探しなどではありません」

言えば言うほど言い訳めいて聞こえる。

「ごらんのように穴の中は遮るものもなく、見通しがいい。俺は探索を終えて戻ろうとした。その時、コウモリが飛んできたんだ。コウモリは別に怖くない。ただちょっと驚いただけだ。それで足もとへの注意がおろそかになった。運の悪いことに俺が足を踏み出したその場所に蛇がいたんだ」

紫堂の話術に引き込まれ、だれ一人、なにを言いたいんだ、などと文句を言う者もいない。だが浅見は、笑いをこらえていた。紫堂はああ見えて、かなりな怖がりなのだ。コウモリや蛇に驚いて、悲鳴を上げたに違いない。

「不幸な蛇は、俺に踏んづけられてどこかに逃げていったが、俺は尻餅をついてしまった。その拍子に提灯の火が消えた。あたりは一瞬にして真っ暗闇だ。だが、手探りで提灯を探しているうちに目が慣れてきた」

「目が慣れて、なにが見えたんや？」

だれかが興味津々で訊いた。

「とにかく、カンテラを消してください。そうすればわかりますよ」

全員が一斉に明かりを消すと、あたりは闇に包まれた。入り口のほうに薄くぼんやりと明かりが見える。

「みなさん、いいですか。入り口と逆の奥のほうを見てください。ようく見てくださいよ」

しばらくすると、一同に静かなどよめきが起こった。

洞窟の奥の天井付近に、かすかな明かりが見える。注意しなければ見逃してしまうようなかすかな明かりが見える。

「あの奥に、もう一つ洞窟があるんです。亀井さんはそこにいました」

「よし、行こう」

牛島の声がすると、だれかがカンテラを点けようとする音がした。

「ここで明かりを点けてはだめです。あの場所がどこだったか、わからなくなってしまいますから。俺が先に入って向こうから照らします」

衣擦《きぬず》れの音が聞こえたあと、しばらく間があってカンテラの明かりが差し込んできた。

弱々しい明かりではあるが、さっきまでの暗闇よりははるかにましだ。

今度も浅見が最後になった。岩に手を掛け、足を置く位置を確かめながら壁面をよじ登る。明かりを頼りに腕を伸ばし、体を斜めにして進み、開けた空間に頭を出すと、わずかに明るさのある広い空間があった。さっきまでの埃臭い空気とは違い、外気に近い匂いがする。

腕の力で体を引き上げると、ようやくもう一つの洞窟に出た。

さっきの洞窟よりも少し幅が広く、十メートルほどの長さがあった。奥は外へと通じていて、西日が一メートルほど差し込んでいた。

紫堂はカンテラの火を吹き消して、「こっちです」と神妙な顔でみんなをいざなった。

亀井は、外への開口部近くに横たわっていた。そばには亀井のものと思われる草履が、きちんと揃えておいてある。亀井はわずかに苦悶の表情を浮かべているが、眠っているようにも見える。

みなで合掌したあと、牛島がひざまずいて亀井の頭の傷を確認し、体の状態をざっと見た。

「亀井さんが平家穴の前で倒れたあと、雨が降った言うたな。雨に打たれて気がついて、穴の中で雨宿りをしたのやろう。当然、提灯なんかは持っておらんかったき、さっきのようにかすかな明かりを見つけて、ここまで上ってきた。しばらく休んでいたが、頭の傷のせいで亡くなったんじゃな」

「足跡は、ここにあった草履と一致します」

さっきからまわりを調べていた佐川分署の巡査が言った。見たところ足跡は、大きな草履と紫堂の下駄の跡だけだ。

「気の毒に。雨宿りなんかせんで穴のところにおったら、発見してもらえたものを」

「僕は、そばにだれかがいたのではないかと思います」

浅見は確信を持って言った。緒智の巡査が小馬鹿にしたように笑った。

「まずはロウソクを使ったあとがありますが、燐寸《マッチ》の燃えがらがありません。それに亀井さんの顔や首に血を拭き取ったあとがありますので、なにかで拭いたはずですがそれがありません。そして足跡です。亀井さんの足跡以外を消した跡があります。でも、一つだけ消し忘れています」

浅見は亀井の袖を持ち上げた。そこには小さな、明らかに亀井のものとは違う草履の跡があった。

「なるほど。さすがやな、浅見さん」

牛島は感心しきりだった。

「この大きさやと、子供か女やな」

浅見は気付かれないように、福本の顔を見た。鬼瓦のような顔からは感情を読み取れなかった。

福本が亀井をここまで運んだのだろう、と思っていたが、亀井は自分の足で歩いてきたようだ。そばには福本の協力者がいたということか。それはツヤなのか。

浅見は、生きているうちに会うことがかなわなかった亀井を、心から悼んだ。死の時に、そばにだれかがいたかもしれない、という可能性がでてきたのが、せめてもの救いと言えるだろうか。

第七章　七人目の夜

1

亀井の遺体は高知に運ばれ、解剖されることになった。

石ヶ谷村から呼ばれた父親が遺体と対面し、事件性があるので解剖する、という巡査の説明にうなずいていた。

紫堂によると、父親と亀井はそっくりなのだそうだ。ずんぐりとした体に短く太い手足。大きな目鼻立ちがとても精力的に見える。

父親はひどくやつれていて、見ているのが辛かった。解剖されるということにも衝撃を受けたようだ。息子を失った悲しみに、それが追い打ちをかけたに違いない。

浅見の胸は痛んだ。亀井のそばにはだれかがいた、という浅見の考えに、佐川分署の牛島と署長が同意してくれたおかげで詳しく調べてもらえることになったのだが、父親の胸の裡を思えば、それで本当によかったのか、という迷いも出てくる。

紫堂は浅見の観察眼のおかげで犯人に近づいた、と喜んでくれたのだが。

小さな草履の足跡は、いずれだれかが見つけただろうし、浅見の話を聞いてもらえたのは、兄の存在があったからだと思っている。そうでなければ池永の時のように、うやむやにして終わったかもしれない。

浅見はいまさらながらに兄、浅見陽山の存在の大きさを思い知ったのだった。

亀井が亡くなった今、緒智にいる理由はない。黒崎も憔悴した牧野を連れて佐川村に帰ってしまった。だが亀井がどうして死ななければならなかったのか、それがはっきりするまでは、ここにとどまろうということで、紫堂とは意見が一致していた。

「僕は小松さんが池永さんを毒殺したのだと疑っていたんだ。だから、亀井さんも小松さんが殺したんじゃないかと」

「そうだったのか」

「小松さんは安徳天皇が御陵墓に眠っていると信じ切っている人だから、御陵墓を冒瀆した池永さんのことを憎み殺したのだと思ってしまった。だけど小松さんは、僕が最初に思ったとおりの立派な人だった。池永さんに秘伝の味噌を持って来たのも、玉延さんを連れて来たのも、純粋に善意からだったんだ。あんないい人を人殺しだなんて疑って申し訳なく思っているよ」

紫堂はうなずいて浅見の肩をぽんと叩いた。

「しかし小松さんの疑いは晴れたな。亀井さんを殺したのは、あの小さい草履の主だ。池永さんもそいつが殺したに違いない」

「紫堂はそれはだれだと思うんだ？」

「ツヤさんと福本の共犯だ」

いやに自信ありげだ。

「俺は前から福本の動きが怪しいと思っていたんだ。たぶん福本は亀井さんを突き飛ばして死なせた、と思ったんだ。そのまま放っておいたところを、牧野さんが見つけた。だけど雨が降ってきて、正気付いた亀井さんは平家穴の中に入った。提灯は持ってなかったので、奥の洞窟の存在に気がついて入っていったんだ。緒智の巡査や青年団は明かりを持って捜索していたから、それには気付かなかった。自力で歩き回れるくらいなら、故郷の石ヶ谷村に帰っているのではないかと思って福本は探しに行った。いなかったのでもう一度平家穴を見に行った。その時、たまたま提灯を持っていなかったんだ。そして亀井さんを見つけたので、ツヤさんに介抱させたんだ。ツヤさんは夫の言いなりだから、言われるままに世話をしたんだろう。池永さんのお粥に毒を入れたのも、福本に言われてツヤさんがやったんだ」

「福本さんは、どうしてこれ幸いと亀井さんを殺さなかったんだ?」

「むむむ。それはだな。最初から殺すつもりはなかったんだろう。洞窟の奥で見つけた時も、できれば回復して欲しいと思って、ツヤさんに看病させたが、あんなことになってしまったんだな」

「亀井さんは過失で死なせてしまったが、池永さんは殺したんだよね。池永さんを毒殺した理由はなんだろう」

「理由はあれだ。はっきりしている」

紫堂が言うには、亀井とはツヤのことで喧嘩になった。福本は二人の仲を疑っていた。それは黒崎も二人は親しい、と言っていたから間違いない。殺すつもりはなかったのに死んでしまったので、一人殺すのも二人殺すのも同じだと思った。

「ツヤさんは、浅見に助けて欲しいと言っていたんだろう? 亀井さんや池永さんにも同じことを言っていた可能性はある。それを知った福本が嫉妬に狂って殺したんだ。おまえも気をつけたほうがいいな」

紫堂は人差し指を浅見に突きつけた。

その時、ドアが開いてツヤが顔を出した。

浅見と紫堂は文字通り飛び上がった。

ツヤは素早く部屋の中に体を滑り込ませると、紫堂のほうを横目でちらりと見た。

「はいはい。わかりましたよ。出て行きますよ」

紫堂が出て行くと、ツヤは浅見の胸に飛び込んできた。

「もう耐えられん。亀井さんを殺しておいて、あんなふうに平然としていられるらあて」

「ツヤさん。大丈夫なんですか？　福本さんは、今どこにいるんですか？」

「店にお客が来ちゅうき、ちょっとの間なら大丈夫や」

ツヤは体を離して、今度は手を握ってきた。

「明日、梅ノ木神社のお祭りがあるがよ。主人は、お盆と正月とお祭りの日だけ、お酒を飲むんじゃ。悪酔いする粉薬を入れちょくき、おまんは飲まんといてください。その頃には暗うなっちゅうはずやき、仁淀川に連れて行っとうせ」

「連れて行ってどうするんですか？」

浅見はぞっとしながら小声で訊いた。

「それは知らんでえがよ」

浅見は息を呑んだ。正体がなくなった福本を川に突き落とす気なのだ。

ツヤが急に大胆な行動を取るのも、明日は福本の命がなくなると知ってのことなのだ。そんなことをしてはいけない、と言っても無駄だろう。ツヤは明日という日をずっと待っていたに違いない。

「あなたが疑われませんか？」

浅見はそれだけをようやく言った。

ツヤは熱っぽい目で浅見を見返した。

「七人ミサキはあと一人やき」

2

亀井の解剖の結果が出たのは、翌日だった。佐川分署の巡査がわざわざ知らせてくれたのだ。

それによると発見された時は、死後二日ほどたっていたという。そうなると、牧野が、平家穴の前で見つけた翌日には亡くなっていたことになる。

死因は頭部外傷による脳内血腫だという。胃の内容物は米飯と沢庵が未消化で残っていた。そこから考えても死の直前にだれかが亀井の世話をしていたと考えられる。適切な処置を行なえば助かったかもしれないので、その人物を探しだし事情を聴くことになるだろうという。

　佐川村に帰っている牧野や黒崎からも、当然話を聴くことになると言っていた。緒智村の人々の事情も聴いたが、今のところ有力な情報は得られていないという。

「ツヤさんが、怪しいんだけどなあ」

　紫堂は手拭いを肩に掛け、下駄を鳴らして少し前を歩いている。

　祭りの日でもあるし、朝湯に行こうと二人揃って下宿を出てきたのだ。

「まさか警察に、そんなことを言ったわけじゃないよな」

「まさか」

　紫堂は振り返って浅見に言った。

「俺はそんな軽はずみなことを言う男じゃないぞ。限りなく疑わしいけどな。そういえばツヤさんが部屋に来た時、なんの用だったんだ。大胆だよな。俺を追い出してまで、浅見と二人きりになりたかったのかね」

「そんなんじゃないよ。あの時は……」

　殺人の手助けをしてくれ、とツヤに依頼された。

　そんなことを言えるわけがない。

蔵の中で聞いたツヤの話は、紫堂には教えていない。紫堂は、単に浅見が言い寄られたとしか思っていない。言わなかったのは、まずいことになるのでは、という予感があったからだ。福本に薬入りの酒を飲ませて、仁淀川まで連れて行ってくれと頼まれたことを知ったら、紫堂は怒りにまかせてどんな行動に出るかわからない。

それこそ警察に通報してしまうかもしれない。

ツヤは亀井の居場所を知らなかった。だから亀井の介抱もしていない。これは浅見の勘でしかないのだが、間違いのないことのように思える。だからこそツヤを殺人犯にすることはできない。具体的にどうすればいいのか、まだ考えはまとまらないが、とにかくツヤを助けたかった。

ツヤの境遇に同情したのかもしれないが。

通りの向こうから棟形知正が走ってきた。どうやら浅見を見つけて追いかけてきたようだ。

「よかった。やっと会えた」

話があったのだが、ずっと仕事が忙しかったのと運悪く行き違いになったのとで、なかなか会えなかった、というようなことを息を切らしながら言う。

「話ってなんですか？」

「それは……」

知正はちらりと紫堂を見る。紫堂がいては話しにくいことらしい。紫堂も気がついたらしく、「先に行ってるよ」と歩き出した。

「なんだよまったく。みんなして俺を邪魔者に……」と文句を言うのが聞こえる。

「浅見さん、おまんは探偵だそうじゃのお」

突然そんなことを言うので、浅見は慌ててしまった。

「いや、僕はそんな……違います」

「隠してもだめや。亀井さんの居場所を見つけるために佐川の警察まで行って頼んだんじゃろう？　どこにいるのか手掛かりを与えたと聞きました」

「いや、それは紫堂が……」

「亀井さんがただの事故死じゃない、と見抜いたのも浅見さんなんですよね」

知正は浅見の手を取って、「お願いがあるんです。どうか断らんといてください」と必死の形相で頼むのだった。

知正の頼みは意外なものだった。浅見は半開きになった口を閉じるのも忘れて、知正の顔を凝視していた。

「あの……浅見さん。どうかしましたか？」

「下宿の、僕の部屋で話しませんか」

どう答えていいものか、頭が混乱している。

「あ、いえ」

3

知正の頼みというのは、亀井に貸した本を見つけて欲しい、というものだった。

浅見は鞄の底から、『棟形家由緒書』を取り出した。

「その本というのはこれですか？」

「ああ、これや。よかった。亀井さんはすぐに返すから、と言うとったけんど、行方知れずになったうえに、こがなことになってしもうて、どうしようか思うちょった」

『棟形家由緒書』は知正が生まれた年に、わざわざ高知の能筆家に頼んで作らせたものだという。家宝のように大切にしているもので、勝手に持ち出すなどもってのほかだった。

「亀井さんが父には内緒で持ってきて欲しいというき、こっそり持ってきたけんど、バレないかと毎日、ヒヤヒヤしちょりました」

亀井ははっきりしたら、知正に最初に教えるから、と言っていたそうだ。だが、なにがはっきりしたら、なのかは言わなかったという。

解いて欲しい謎。小説のネタになりそうな、大金が絡む話。それは安徳天皇陵の真偽でなければ、七人ミサキの謎でもなく、亀井が見つけた「面白いこと」だったのだ。

亀井が隠し持っていた三冊の本の中に謎は隠されていた。

浅見は残る二冊を持ってきて、知正の前に置いた。『長宗我部地検帳』『御代官役場記録』である。

これに見覚えはありませんか？

「いいえ。ないですね」

知正は首をかしげている。

「これは亀井さんが、ある人の手を借りて、だれにも見つからないところに仕舞ってあったものなんです。先日僕に預けられたのですが、この三冊の本の中に、亀井さんがはっきりさせたいものがあったはずなのです」

「そうかもしれんね。けんど、亀井さんが亡くなってしもうては、もうわかりようがないのお」

残念でならなかった。せめて亀井が最期の時まで、解き明かそうとしていた謎を、解いてやらなければ浮かばれないという気がする。小松の蔵書である二冊は、もう少し借りていられるだろう。だが、『棟形家由緒書』はすぐにでも返さなければならないようだ。

「もう少し貸していただけませんか？　必ずお返しします。あと三日、いや、あと二日お借りして、なにもわからなければ諦めます」

知正は眉を寄せて困った顔をした。

「さっきも言うたけんど、父に内緒で持ちだしちゅうき。今すぐに返してもらわんと困るんじゃ」

「そうですよね。無理を言ってすみません」

浅見は『棟形家由緒書』を知正に渡そうとして、悪あがきと思いつつ、「あと一時間だけ時間をもらえませんか？」と頼んでみた。

知正は、「ほんなら一時間だけですよ」とため息をついた。

『長宗我部地検帳』から順に見ていく。なにか見落としたものはなかったか、と慎重にくまなく見る。だが何度見ても、『長宗我部地検帳』には田畑の耕作者の名前などが羅列されているだけだ。そして『御代官役場記録』には、村人同士の争いや年貢米の減免の訴えなど雑多な出来事が記録されているに過ぎなかった。こちらはとてもじゃないが、短い時間ですべてを読むことは無理だ。だが、できるだけ目を通すようにした。

『棟形家由緒書』を最初から知正のところまで見終わった時には疲労困憊していた。そろそろ約束の時間だ。知正は所在なさげに、浅見が東京から持って来た本などをめくって眺めている。

「お待たせして済みません。やはりわかりませんでした」

知正に『棟形家由緒書』を手渡した。

すると知正は、「そっちの二冊は小松さんのものやったね。私が返しておいてあげますよ」と言った。

浅見は二冊をまとめて渡そうとしたが、思い出したことがあり、また『長宗我部地検帳』を開いた。

「これに小松さんのご先祖の名前が載っているそうですよ。南川村の名請人《なうけにん》、つまり年貢を納める責任者だったそうで、小松越中守と名乗っていたそうです」

浅見は自分のことでもないのに、少し自慢げに話した。

知正は首を伸ばして覗き込む。退屈していたからなのか興味ありげだった。

浅見は目的のページまで、一枚一枚めくっていたが、ふと見た覚えのある名前が目に入り、手を止めた。

一ページ戻って確かめると、それは「山本左近」という名前だった。石ヶ谷村の名請人である。そういえば『御代官役場記録』にその名前があった気がして開いてみた。

やはりあった。

寛政五年（1793年）の記録だ。北山村の名請人、栜形将監《むなかたしょうげん》が病のために、石ヶ谷村の「山本左近」に郷士株を売ったと書いてある。

地検帳が書かれてから、役場の記録が書かれるまで約二百年だ。「山本左近」が、同じ名前でも縁もゆかりもない人物である可能性はある。だが、郷士株を買えるほどの豊かな農民なら、家を継ぐ者に同じ名前をつける可能性は十分にある。それに同じ石ヶ谷村だ。

浅見は知正の横顔をちらりと見た。知正は『長宗我部地検帳』の小松越中守のページをしげしげと見ている。

「山本左近」は北山村の栜形将監から郷士株を買ったと、『御代官役場記録』には書かれている。

栜は棟の異体字である。だからなかなか気が付かなかったのだ。

栜形将監は今から約百年前に郷士株を売っている。現在緒智村にいる棟形が、この栜形将監の子孫であるという可能性は限りなく高いと浅見は思う。

郷士株を買った時か、明治になった時にでも漢字の表記を栜形から棟形に変えたのだろう。

亀井もまた同じように思ったに違いない。

『棟形家由緒書』には「将監」という名はないが、同じ時代に生きたのは知親の曽祖父、知成ということになる。由緒書には生年は書いていないが、没年が書いてある。これでいうと栋形将監が郷士株を売った頃、知成という人は四十五歳くらいだろうか。知成の息子、つまり知親の祖父は安政二年（１８５５年）に七十八歳で没している。もし、今生きていたら百十五歳。

長生きの老人なら親から伝え聞いた話などで、栋形将監が郷士株を売った時のことを知っている、ということも十分に考えられる。

亀井もそう考えたかもしれない。だが、石ヶ谷村にはあまり帰りたくはなかった。それで浅見を呼び寄せ、訊きに行かせようとした……。

考えすぎだろうか。

だが、一度そう思ってしまうと、あながち間違いでもない気がする。

緒智村の棟形家は、はたして北山村の栋形将監の子孫なのか。

「小松さんのご先祖は、江戸時代に郷士株を人に売ったと聞きました。でも棟形さんは売らなかったそうですね」

「ええ、明治維新で意味がのうなるまで持っちょりました」

知正は見ていた『長宗我部地検帳』を閉じ、その上に『御代官役場記録』と『棟形家由緒書』を重ねた。

「地検帳と役場の記録は、やはり僕が小松さんに返すことにします」

「そうですか」

知正は二冊を返してよこした。そして『棟形家由緒書』を大事そうに懐に仕舞った。

「すみませんが、紫堂に風呂には行けなくなったと伝えてもらえませんか？」

「ええですけど、どうかしたがか？」

「ちょっと出掛ける用事ができたのです。夜には帰ると伝えてください」

「わかりました」

知正は大切な本が無事に戻ってきたためか、柔和な微笑みでうなずくと帰って行った。

浅見は二冊の本を風呂敷に包み、背中に袈裟《けさ》懸《が》けにすると下宿をあとにした。

4

「浅見ー。どこ行ってたんだよ。俺は風呂で待ってたんだぞ。のぼせちまったよ」

「知正さんに伝言を頼んだのだが」

「来たよ。だけど来た時はのぼせてひっくり返ったあとだ。恥ずかしいところを見られてしまった」

石ヶ谷村から帰ってみると、祭りの準備で村全体が浮き立っていた。晴れ着を着てはしゃぎ回る子供。足早に通り過ぎる出前持ち。戸口に提灯を下げる者。人々は浮かれざわついていた。役場の前では吏員が大八車に幟《のぼり》や太鼓を積んでいた。

福本質店に戻るとさっそく紫堂の小言をもらったのだった。居間には黒崎と牧野も来ていた。牧野は少し痩せていたが、もうすぐ東京に帰るというので、浅見たちに別れを言いに来たという。

福本は店仕舞いの支度をしており、ツヤは台所で祭りのご馳走を作っているようだ。

「なあ、どこに行ってたんだ？　まさか秘密だとか言うわけじゃないだろうな」

「秘密というわけじゃないが、ちょっと用があって石ヶ谷村に行って来たんだ」

「亀井さんの故郷か」

用とはなんだと訊かれ亀井の荷物を届けた、と苦しい嘘を言った。亀井の荷物は父親がすべて持っていったのだが、まだ残っているものがあった、ということにした。

「そうか。俺も行ってみたかったな。亀井さんの故郷」

黒崎と牧野も寂しそうな顔でうなずいている。

警察の捜査は暗礁に乗り上げているようだ、と黒崎は言う。半分諦めたように、真相はわからないままではないかと悲観的だ。

暗く沈みがちな浅見たちの耳に、突然聞こえてきたのは、場違いなほど陽気な祭り囃子《ばやし》だった。

祭りが始まる前の予行演習らしく、太鼓も笛もばらばらに聞こえてくる。

福本が仕事を終え居間に入ってきた。四人をさっと見渡す顔にいつものような威圧感がない。今日は祭りだというので、福本も気が浮き立っているのだろう。相変わらず厳つい顔をしてはいるのだが。

「そろそろお祭りが始まるようだね。見に行かないか？」

浅見はさりげなく腰を浮かしながら言った。

三人はつられて立ち上がった。揃って福本質店を出て、少し行ったところで浅見は、

「あ、そうだ」と声をあげた。

「ツヤさんも誘わないか？」

「いや、それは無理だろう。福本さんがいるから」

みんな苦笑いをして首を振った。

「僕はツヤさんが気の毒だと思うんだ。いつも暗い顔をしているだろう？　今日だって、

お祭りだというのに少しも楽しそうじゃない。僕に考えがあるんだ」

浅見はみんなに待っているように言って、福本質店にとって返した。

考えがあるといっても、大したことではない。福本にそのまま告げるだけだ。

先日、佐川分署に行った時に、浅見は署長に頼み事をしたのだった。ツヤが話したことの真偽を確かめるためだ。槙山村に喜助という男はいたのか。いざなぎ流の太夫の娘は露という名だったか。許婚は本当に落馬の事故で死んだのか。そして露の父親の死因はなんなのか。さらに福本質店の前の店主、福本虎吉の死因はなんだったのか。

結果はたしかに槙山村には、喜助といういざなぎ流の太夫が、師匠の娘と駆け落ちをしたという話は残っていた。村人たちは、喜助が呪詛して娘の許婚と父親を殺したと思い込んでいるようだが、役場の記録には婚約者は事故死、父親は心疾患による突然死だったという。また、福本虎吉は事故死という記述があるのみだったそうだ。

ツヤの話は呪いの部分を除いて、おおむね真実らしい。普通に考えれば、福本がだれかを殺した過去はないということだ。

ツヤは台所で燗を付けていた。浅見が入っていくと、ツヤは振り返ってうなずいて見せた。酒の準備はできているらしい。

「あとは僕が」

浅見もうなずき返した。

「ツヤさんはお祭りに行ってきてください」

「じゃけんど」

「紫堂たちが待っていますから。あなたはここにいないほうがいい。僕が万事うまくやっておきます」

ツヤは不安げにしていたが、襷《たすき》をはずして出て行った。

浅見が徳利を載せた盆を持って居間に入っていくと、福本は怪訝な顔をした。

「ツヤさんは紫堂たちとお祭りに行きました」

福本は気色ばんで腰を浮かした。浅見はそれを押しとどめた。

「ツヤさんを自由にしてあげてください。なにもかも雁字搦《がんじがら》めにしては可哀想ではないですか」

「おまんのような若造になにがわかる」

怒気を含んだ声で言うと、徳利を掴もうと手を伸ばした。

「お酒は話が終わってからにしてください」

「話？ なんの話じゃ」

「槙山村の喜助さんの話です」

福本はギクリとして顔をそむけた。

囃子太鼓が一際大きく響いてくる。

「喜助さんはいざなぎ流の太夫として、大変な力を持っていたそうですね。だからといって人を呪い殺すなどということが、ほんとうにできるのでしょうか？」

福本はかたくなな表情で一点を見つめている。

「ツヤさん、いや露さんの許婚と父親を、あなたが殺したという噂は、あなたが否定すればツヤさんだって納得するのではないですか？」

なにも喋るものか、というように福本は唇を固く結んでいた。

「あなたが自分の口で本当のことを言わなければ、ツヤさんは過ちを犯してしまいますよ」

浅見は一呼吸置いてから、福本の目をまっすぐに見て言った。

「ツヤさんは今夜、七人ミサキの七人目としてあなたを殺す気なのです」

「ええっ」

予想だにしていなかったのだろう。激しく動揺し、顔色が変わった。

「そこまでツヤさんを追い込んだのは、あなただ。いいのですか？　ツヤさんを不幸にするために槙山村から連れて来たわけではないはずです」

福本は、はっとして唇を震わせた。

長い時間、虚空を見つめていた。

祭りを楽しむ人々のどよめきが波のように聞こえてきた時、がくりと福本の肩が落ちた。

「わしはツヤをさらってきた。許婚が馬から落ちて死んだ時に、ツヤを自分のものにできるがは今しかない思うた。師匠は娘がおらんようになったせいで死んだ。もともと心臓が弱かったんじゃ。村の連中は、わしが二人を呪い殺したと噂した」

「なぜ、違うと言わなかったのですか？　いざなぎ流に人を呪い殺す秘術なんて存在しない。そう言えば逃げ回らなくて済んだはずだ。わからないのは福本虎吉さんのことです。あなた方が槙山村から来たことを隠すために、虎吉さんを殺したというのは本当ですか？」

福本は大きくかぶりを振った。

「違う。違うんじゃ。虎吉さんがわしらのことをみんなに言う、と言うき喧嘩になったんじゃ。わしは、ちょっと虎吉さんの肩を押した。ほいたらなにかにつまずいて、倒れて頭を打って死んでしもうた。ツヤはわしが虎吉さんも呪い殺したと思うちゅうがやろ。それでええ思うた」

「どうしてですか？　本当のことを言えばわかってくれたはずだ。わかってもらえるまで、なんどでも言えばよかったんだ」

　ふと見ると福本の顔が笑っていた。だが注意深く見れば、目が涙で潤んでいる。

「わしが呪い殺したち思うて欲しかったんじゃ。わしにそがな力がないとわかれば、ツヤはわしから去って行ったじゃろう。どんな手を使うてでも、わしはツヤを離したくなかった。そばにおってくれたら、それだけでよかったんじゃ」

　やっと話してくれた福本の本心は、胸に迫るものがあった。切なくて涙をこらえるために、少しの間、浅見は言葉が出なかった。

「亀井さんと平家穴の前で争いになったのは、棟形さんですね」

「え？　そうがか？」

　福本は驚きを隠せないようすで、浅見を凝視している。

「僕と紫堂が緒智村に着いた日、棟形さんはあなたと、この家の庭で深刻そうに話をしていた。あれは、亀井さんが死んでしまったと思った棟形さんが、あなたに相談していたのではないですか？　いや、相談ではなく死体の始末を頼んだのかもしれない。ところが先に牧野さんに見つけられてしまった。その上、死体はどこかに消えてしまって、棟形さんはずいぶん驚いたでしょうね。しょっちゅうこの家に来て、捜索の状況をいち早く知りたがったり、あなたに石ヶ谷村に行くように言って、亀井さんが帰っていないか調べさせたりしたのですよね。池永さんの死に、あなたはどんなふうにかかわっているのですか？」

福本は記憶をたどるように視線をさ迷わせた。

「あの朝、棟形さんは祭りの準備のことで相談に来たんじゃ。いつもと変わったところはなかった。亀井さんのことを心配して、あれこれわしに命令したのも、いつものお節介やと思うちょった」

「そうすると棟形さんは、あなたになにも話していないということなんですね」

福本はがっくりと肩を落とした。なにもかも諦めたように、力のない声で話し始めた。

「池永さんのお粥に薬を入れたのはわしじゃ。棟形さんから渡されたもんや。高麗人参の粉末やと言われた。あれが毒じゃったんやろう」

「福本虎吉さんのことはどうです？　亡くなったいきさつを、なぜ棟形さんは知っているのですか？」

「虎吉さんと揉合《もみお》うちゅうとこを、棟形さんに見られちょったがや」

どうしたらいいかわからなくて呆然としていると、棟形がやって来て、虎吉は自分で転んだのだ。そういうことにしよう、と言った。

そんな嘘はつけないと言うと、正直に言えば監獄に入ることになると棟形は言う。

それからというもの、棟形はなにかにつけてそのことをちらつかせ、骨董品を高く買い取らせたり、下宿人を置いたりと、さほどのことでもなかったが福本をいいように利用してきた。

「弱みを握られちょったき逆らえんかった。棟形さんは親しさを装うて、無言でわしを脅し続けてきたんじゃ」

いつかとんでもない要求を突きつけられるのではないかと怖れていたが、それが現実になってしまった、と福本は苦しそうに顔をしかめた。

「事実を言えば監獄に入ることはなかったはずです。たとえ、その時に隠蔽《いんぺい》しようとした罪を問われ、監獄に入れられたとしても、それほど長くはなかったでしょう」

福本は大きく頭《かぶり》を振った。

「監獄に入るのだけはいかん。それだけはできんのじゃ。監獄に入ればツヤはわしのもとを去ってしまうろう。ツヤを失《うしの》うたら、わしは生きていられん。あれだけがわしの生き甲斐なんじゃ」

福本は下を向いてすすり泣いた。大の男が、ツヤと一緒にいるという、そのためだけに、棟形の言うなりになってきた悲しさや悔しさが、わかるだけに浅見ももらい泣きしそうだった。

福本が落ち着くのを待って徳利を手に取った。

「さあ、どうぞ」

その時、ツヤが駆け寄ってきて、浅見から徳利をもぎ取った。

「待って。これはだめじゃ」

話を聞いていたのだろう。目を真っ赤に泣きはらしている。

「あのお酒は捨てました。これは僕が別に燗をしたものです」

ツヤは浅見の顔を見上げて、はらはらと涙をこぼした。そして黙って頭を下げた。

福本に向き合うと、ツヤは徳利を手で包むように持った。

ぎこちなく笑顔を作り、「おまさん、どうぞ」と福本に酌をした。

5

浅見は提灯を持って福本質店を出た。村の中を歩くには提灯は必要なかった。家々の軒下に提灯が下げられていて、村全体がぼうっと明るい光に包まれているからだ。

だが浅見がこれから行こうとしているのは佐川分署だった。本来なら、今日知った事実を緒智の巡査に告げるのだが、どうも彼のことを浅見は信用できなかった。

浅見が今日、急いで行って来たのは石ヶ谷村だ。

亀井が抱いていた棟形に対する疑い。それが間違いでないことを確かめれば、事件の全容が見えてくるはずだ。

石ヶ谷村に行く前に、浅見は野老山村へ向かった。緒智に来る前に、馬車で一緒になった林夫婦に会うためだ。

緒智村から石ヶ谷村まで、徒歩で一時間あまりかかる。野老山村はさらにそこから三十分ほどの距離だ。

仁淀川沿いをひたすら歩いた。これから亀井の故郷に向かうのだと思うと、川の美しさがむしろ悲しく思えた。

石ヶ谷村を通り過ぎ、石ヶ谷川を隔てたすぐそこが野老山村だ。

石ヶ谷川はその名の通り大きな石がゴロゴロしている小さな川だった。靴を脱ぎ、ズボンの裾をまくり上げて渡った。

野老山村は一見して、石ヶ谷村よりもはるかに豊かなのがわかる。村中が亀井に農地の改良を期待したのもうなずける。

着いて最初に出会った農作業をしている老人に、林夫婦の家を訊ねた。

家は広い農地の真ん中に、ぽつんと建っている。大きな松の木に守られるように母屋と納屋とが並んでいた。

浅見が訪ねていくと、林夫婦はとても喜んでくれた。二人は土間で茣蓙《ござ》を編んでいたが、手を休めて浅見の話を聞いてくれたのだった。

「おまさんが無事でまっことよかった」

「でも、五人目と六人目の犠牲者が出てしまいました」

夫婦は悲痛な表情で目を伏せた。

「七人目が出るかどうかはわかりませんが、これまでの犠牲者のために事の真相を明らかにしたいのです」

石ヶ谷村にいる長生きのお婆さんを教えて欲しいと頼んだ。

「ええよ。あの人はうちの母親の大叔母の旦那の……」

トメとの関係を説明してくれたが、一度聞いただけでは理解できなかった。とにかく遠い親戚らしい。

それでもヨネは子供のころから、トメの家に遊びに行っていたので顔見知りなのだそうだ。一緒に石ヶ谷村まで行ってくれることになった。

「二本杉のトメさんちゅうてな。このあたりでは有名なんじゃ」

来た道をヨネと一緒に戻る。

村に入って畑の中の細道を行くと、遠くに大きな杉の木が二本立っているのが見えた。

どうやらトメの家はあの木の下にあるらしい。

ヨネは遠慮なく戸を開けて中に入って行った。

「ばあちゃん。お客を連れてきたよ」

家の主婦らしい人が居間にいたが、ヨネや浅見をちらりと見ただけで、また自分の手仕事に戻ってしまった。挨拶をする隙もなかった。

ヨネは家の奥にどんどん進み、「ばあちゃん」と呼びながら襖を開けた。

そこは小さな隠居部屋らしく、縁側の近くでトメは座布団の上にちんまりと座り、煙草を吸っていた。

ヨネが来意を簡単に告げると、トメは「ああ」とうなずいた。

トメは山本左近とその息子、太郎《たろう》のことをよく知っていた。

「あの家は跡取りが代々、左近を名乗ることになっちょってな」

浅見は自分の勘が当たっていたことで、思わず頬が緩んだ。当時の左近が由緒書に載っていた知親の曽祖父、知成で、太郎が祖父ということになるのだろう。

「わしが七つの時じゃった。あの時、太郎は十六じゃったかな。いままで貯めちょった金で郷士株を買《こ》うたんじゃ。太郎は自慢しちょったな。これからはわしらは武家じゃやて」

しかし山本左近の一家は、まるで夜逃げでもするように石ヶ谷村からいなくなったのだという。

「だれから郷士株を買ったか言っていましたか？」

「さあて、そこまでは聞かんかった」

「ムナカタという人ではなかったですか？」

トメは首をひねっている。

「北山村の栜形将監ではないですか？」

「おお、北山村。あそこで太郎を見かけた言うてた人がおったな。北山村は緒智村の隣村じゃったが、小さな村でな。今はもうのうなってしもうた」

これだけ聞けば十分だった。

トメに礼を言って辞去し、ヨネとは街道の辻で別れた。

ヨネは何度も「気いつけとおせ」と浅見の手を握った。七人ミサキの祟りが起きている緒智村に戻るなんて信じられない、といった顔だった。

亀井は『長宗我部地検帳』と『御代官役場記録』を見ているうちに、浅見が気付いたように山本左近の名前に気が付いた。ひょっとすると二本杉のトメからその名前を聞いたことがあったのかもしれない。亀井は棟形の出自に疑いを持ち、息子の知正に『棟形家由緒書』を借りた。

由緒書は新しく書き換えられており、役に立たなかったが、トメに訊けば山本左近と棟形家の関係がはっきりすると考えた。だが亀井は村に帰ることは気がすまなかった。

このあたりは浅見の推測だが、それで亀井は紫堂に手紙を書いたのいだろうか。手紙にあるように、紫堂には小説のネタを提供し、素人探偵の浅見に代わりに石ヶ谷村に行ってもらおうと思ったのではないだろうか。もしそうなら、期せずして浅見は亀井の希望に応えたことになる。しかし亀井は浅見たちの到着を待たずに、棟形に話をつけようとした。い。石ヶ谷村に行かなくても確信が持てたからなのかもしれない。二人分の旅費くらいは十分にまかなえる、と手紙にはあった。たぶん亀ったのだろう。

平知盛の子孫でないことを黙っていて欲しければ金を出せと。だが棟形は断ったのではないだろうか。そして争いになった。平家穴の前で二人が話をつけようとしたのは、そこがほとんど人の来ない、だれを聞かれる心配のない場所だからだ。

梅ノ木神社に向かう人々が笑いさざめきながら通って行く。御神楽という言葉が聞こえて、そういえば小松が神楽が見ものだと言っていた。

見てみたい、と梅ノ木谷に足を踏み入れたが、いや警察に行くのが先だと思い直した。棟形知親を拘束して調べてもらうのだ。

踵を返したその時、家の陰から枯れ枝のような手が伸びて、浅見の腕を摑んだ。路地に引っ張り込もうとするのに、最初は抵抗したが、その手の主が玉延だとわかって、浅見は素直に暗い道のほうへついて行った。

玉延の皺の寄った手を見て、ふと池永が亡くなる直前のことを思い出した。

あの時、池永は風邪を引いたと言って下宿で寝ていた。少しよくなった頃に、紫堂人で村の中をぶらぶら歩いていたのだ。そして玉延を見かけた。荷物の入った麻袋て、横倉山へ行く道をこちらに歩いて来た。

緒智村に到着した夜、風呂屋を出た紫堂と浅見の前に現れた時も、横倉山に
玉延はやって来たのだ。

平家穴の遺体のそばにあった小さな草履の跡は玉延だったに違いない。
ている玉延は、たぶんたまたま亀井と棟形が一緒に平家穴のほうへ行くの　ね。それ
けたのだ。棟形だけが戻って来たので、穴のほうへ行ってみれば亀井が　いていた麻袋は、
へ雨が降ってきて気が付いた亀井を穴の中へ誘《いざな》い、介抱をしたのだ。
亀井が死んだあと自分の痕跡を残さないようにロウソクや手拭いなどを、　まとめて持って

きたのだろう。
だから池永を六人目だと言ったのだ。
ではなぜ、亀井が平家穴にいることをだれにも言わなかったのか。
それはこれからわかるだろう。
「おまんに話したいことがあるんじゃ」
玉延は逃がすまいとしてなのだろう、しっかりと浅見の腕を摑んだ。
「僕もあなたに訊きたいことがあります」
「ふん」と玉延は鼻で笑い、浅見の腕を摑んだまま梅ノ木谷を通って神社の
境内には人が集まっていて、軽業師がこれから芸をするところだった。
玉延は布田米店の裏へまわった。そこは拝殿の裏に接していて、これから神
たちが、出番を待って舞の最終確認をしているようだ。赤い髪の鬘《かつら》を被り蛇に
がいるので、演目は八岐大蛇《やまたのおろち》かもしれない。
布田米店の裏は暗く、神楽の準備をしている人たちからは、こちらが見えないようだ。
玉延は米店の裏口の戸に形ばかり打ち付けてあった板を剝がして中に入った。
「ここならだれにも見られんし、話を聞かれることもない」
それを聞いて浅見は、とても嫌な気分になった。だれにも見られないところで、棟形と

話をした亀井を思い出す。

中は暗く、窓を塞いで打ち付けた板の隙間から、祭りの提灯の明かりがわずかに入ってくるばかりだ。

「話とはなんですか？」

「おまんが訊きたいことというがを先に言え」

無礼な物言いにむっとしたが、気を取り直して答えた。

「平家穴で亀井さんを介抱したのは、あなたですね」

「そうじゃ」

表情は見えないが、こちらを馬鹿にしたような声である。

「なぜ亀井さんがいることを教えてくれなかったのですか？　そうすれば助かっ

れないのに」

怒りがフツフツとわいてくる。

「亀井が助からないのはわかっちょった。助かるものなら助けてやりたか、亀井もわしの気持ちはわかっちょったとみえて、いろいろと話してくれた。形の秘密を知って、強請っちょったというき面白いじゃないか」

玉延は不気味に息だけで笑った。

「おまんも知っちゅうがやろう？　あれを見つけたそうじゃな。っき、あちこち歩き回っ
て確かめたんじゃろう」

「なんのことですか？」

大体想像はついているが口を突いて出た。

「本じゃ。亀井はその本の在処《ありか》だけは言わんかったんじゃ。けんど見つ　さすがは
探偵じゃて」

玉延はまた例の気味の悪い笑い方をした。

浅見は後ずさりをしながら、思わず胸の前で結んだ風呂敷包みの結び目を
「ほう、背中に背負うちゅうのがそうがか？」

身に着けていれば安心だと思っていたが、裏目に出てしまったようだ。

「おまんが持っちょっても、しょうがないもんじゃろ」

玉延がヒュッと口笛を吹いて、「ええぞ。ここにある」と怒鳴った。

まるで玉延の声に合わせたように、境内のほうで歓声があがった。さっきの軽業師に見物人が喝采を送っているのかもしれない。

いつの間にか大きな人影が、玉延のそばにあった。暗がりに少し目が慣れてきた浅見には、それが神楽の衣装を着けた男だとわかった。黒い蓬髪の鬘を被り面を付けている。手

には長剣を持っているので須佐之男命《すさのおのみこと》かもしれない。

男はさっと身を翻すと浅見に躍りかかってきた。振り下ろす刀を間一髪のところで避《よ》けたらしい。らしいというのは、暗がりの中で長剣が窓から差し込む薄明かりに、ほんの一瞬きらめいたあと、刀が切る風を頬に感じたからだ。

もしあたりが明るければ、男を取り押さえ刀を奪うこともできたのだが、なにぶん見知らぬ家の中で、どこになにがあるのかもよくわからず、ほとんど手探りのような状態だ。ただ、柔術の心得がなければ、あるいは簡単に斬り殺されていたかもしれない。

男のほうも、浅見の足音を頼りに闇雲に刀を振り回しているようだ。壁際に追い詰められ、勘を頼りに真横に飛び退《の》くと、運悪くそこにあったなにか[illegible]ずき、どうと倒れ込んだ。同時に男の振り下ろす刀が、なにかをバサリと切る音だ。

それは米俵を作るための藁束《わらたば》のようだった。

倒れた拍子に「うわっ」と声が出たので、まるで男が浅見を斬り殺したか[illegible]いる。

男の方もそう思ったようで、荒い息とともにこちらを向いて仁王立ちに[illegible]

浅見は相手の出方を待って息を殺していた。

すると男は玉延のほうに向かって歩いていき、ためらうことなく一[illegible]のもとに斬り捨てたのだった。

すさまじい玉延の悲鳴が尾を引いた。

男は玉延の死を確かめたのだろうか、しばらくすると浅見のほうに戻ってきた。浅見の持っている本を奪おうというのだろう。

浅見が死んでいると油断しているらしい。男の総身から殺気が消えていた。浅見は気配を消してゆっくりと起き上がり、体勢を立て直した。

間合いをはかって男に飛びかかり、手刀で長剣をたたき落とすと、するりと体をかわし、片羽絞《かたはじ》めをかけて落とした。

その時、玉延が息を吹き返したらしく、うめき声を上げた。浅見は男をそこに残して玉延のようすを見に行った。傷は深いようで息も絶え絶えだった。それでも浅見になにかを伝えようとしているのか、必死に手を伸ばしている。

「なんですか？　玉延さん。なにを言いたいのですか？」

「棟形に……裏切られ……た」

それだけをやっと言うと玉延は絶命した。

棟形に裏切られた。

たしかにそう言った。

須佐之男命の扮装をした男は、やはり棟形だったのだ。棟形と玉延は二人で手を結び、浅見を殺して亀井が持っていた本を手に入れようとしたのだ。

気を失っている棟形を警察に突き出すため、戻ってみると男の姿は消えていた。

「しまった」

こんなにはやく蘇生するとは。だが村の名士の棟形が、簡単に雲隠れできるはずもなく、玉延の死体が動かぬ証拠なのだから、間違いなく棟形はお縄になるだろう。

「おーい。あったぞ」

外で男たちが騒いでいる。

「だれちや。大事な衣装をこがなところに」

「急げ、すぐに出番ぞ」

口々に喚きながら声は遠くなっていった。

第八章　帰京

1

玉延の死から一夜明け、朝からとんでもない情報《ニュース》が村を駆け抜けた。

棟形知親が殺人の罪で逮捕されたのだ。もっとも浅見と紫堂はそのことはとうに知っていた。

玉延の遺体の検分が終わるか終わらないうちに、棟形が自首してきたのである。そして、争って倒れた亀井を放置したこと、高麗人参の粉末と偽って、池永のお粥に毒を入れるよう福本に命令したこと、玉延と共謀して浅見を殺そうとしたこと、最初から玉延も殺すつもりだったことを自供し、凶器である棟形家の家宝の日本刀を持参した。

棟形はその日のうちに佐川分署に送られ、取り調べを受けている。

「俺は棟形さんが怪しいとずっと思ってたんだ」

紫堂は鞄に荷物を詰めながら言った。浅見もそれほど多くない荷物を、いやに時間をかけながら整理していた。

なにかが引っかかる。

あの棟形が簡単に自首したのも、どうも腑に落ちないのだ。

紫堂に言うと、「おまえはどうでもいいことを、またうじうじと考えているのか」とため息をついた。

「だけど気になるんだ」

「気にするな。いいな。みんな終わったんだ」

「そうだな」

紫堂の言うとおりだとは思う。福本は自分が池永を殺してしまったと思っていたようだ。だが毒物だとは言っていなかった、という棟形の証言で罪に問われることはなかった。

福本の本心を知ったツヤは、「これから二人で仲良く暮らしていきます」と言っていた。

鞄の中にはツヤが作ってくれたミョウガの田舎寿司が入っている。好物はなにかと聞かれたので、田舎寿司だと答えたら、ツヤは嬉しそうに笑っていた。知佳の家の分も作ったので棟形運送店まで行くという。浅見たちも別れの挨拶をするために一緒に行くことになった。

緒智村の大通りは相変わらず賑やかだった。いざ離れるとなると、なんとも寂しい気がする。

「ほんとうに、どうもすみません」

紫堂がまた思い出してツヤに頭を下げた。

福本は浅見たちに世話になったからと言って、下宿代を取らなかったのだ。

亀井の言っていた「金になる」という話がなくなったので、大いに助かるのではあったが、なんとも心苦しい限りだ。

棟形運送店に三人で入って行くと、店の中は心なしか活気がないように思えた。

帳場に座っている知正の顔が険しいのは、これからこの店を一人で背負っていく心意気のあらわれだろうか。

「知正さん。これを」

ツヤが田舎寿司を差し出すと、知正はぎこちない笑顔で受け取った。

奥に上がってください、というのを固辞して帰ろうとすると、知佳がお茶を持ってきてくれた。ここで帰るというのは失礼なので、帳場の横に上がり、少し話をすることにした。

それにしても知佳は、たったの一日でひどく面変わりしてしまった。福本質店に、知佳がウルメイワシを持って来た時に見ただけだが、天真爛漫な愛らしい娘だった。それが今は頬がこけ、目は真っ赤に充血している。父親のことで泣いていたのだろう。

それでも知佳は浅見たちにお茶を勧め、無理に笑顔を見せるのだった。あまりの痛ましさに胸が締め付けられた。

知佳が行ってしまうと知正は言った。

「店の者も女中も、何人か辞めてしまいましてね。料理などしたことのない知佳が、なんとかやっとります。母は寝込んでしもうたがやき」

知正もまた苦しみに耐えているのだろう、年は三十一と聞いていたが、十も老けたように見える。

「知正さん。お辛いでしょうが、どうか頑張ってください」

浅見は、気の利いた言葉をかけられない自分を歯がゆく思いながら、それでも衷心から言った。

知正は、はっとして顔を上げ浅見の顔をじっと見た。見る間に涙が溢れてきて、ついには嗚咽を漏らしたのだった。

「浅見さん。私は……私は……」

浅見は、「なにも言わなくてもいいです」と知正の背中を撫でた。

隣で紫堂が握りこぶしを目に当て、男泣きに泣いていた。

いよいよ棟形運送店から辞去するという時に、知正は店の外まで見送りに出てくれた。何度も何度も頭を下げ、別れの言葉にも詰まる知正に、浅見たちも立ち去りがたい思いがした。

店から知佳も出てきた。それに気付いて知正は首を伸ばし、「知佳も来たのか」と振り返った。その知正の首に、なんとも言いようのない醜悪な赤黒い痣《あざ》が見えた。

浅見は知佳になんと挨拶をしたのか覚えていなかった。自分の見たものの意味を考えようとすると、浅見の理性がそれを拒むのだ。

ツヤは道の辻まで見送ってくれた。

互いに頭を下げ、何度も振り返っては手を振った。紫堂はまた涙を拭き洟をすすっている。

松山街道を佐川村に向かって歩いていたが、浅見はほとんど口をきかなかった。佐川村に着いたら、そこからはまた馬車に乗ろうと、紫堂は陽気に話しているが、返事もろくにできない。

佐川村までもう少しというところで、さすがに紫堂も浅見の異変に気付いたようだ。

「どうかしたのか？」

と不思議そうに訊ねる紫堂に、浅見はどう説明していいかわからなかった。ただ、「佐川分署の棟形を訪ねたい」と言うと、なにごとかを察したらしく同意してくれたのだった。

2

佐川分署では牛島が馬のように長い顔をほころばせて、「さすが浅見陽山殿の弟君ですなあ」とか「お怪我がのうて幸いでした」などとお追従を言う。

紫堂は、「おまえの兄上の威光はたいしたものだな」と耳打ちした。

「棟形さんとお話しできないでしょうか?」

「もちろんええですよ」

「あのう、二人きりで会いたいのですが、いいでしょうか?」

牛島はちょっと困った顔をして、署長に訊いてくると言って席を立った。

「なんだよ、また俺はのけ者か」

牛島がいなくなると紫堂は頰を膨らませた。

「すまない。僕と二人だけのほうが、本当のことを言ってくれる気がするんだ」

「本当のこと?」

牛島と署長が戻ってきたので、「あとで全部話す」と耳打ちして話を切り上げた。

「本来は署員が立ち会うことになっちゅうが、まあ、浅見さんの頼みとあれば仕方ないですなあ」

署長は「特別ですよ。兄上様によろしく」と声を潜め、うなずいて見せた。

署長の計らいで、取調室を借りて棟形と向き合った。棟形は顔を伏せてはいるが、険しい顔で唇を固く結んでいた。

「棟形さんにどうしても言いたいことがあって来ました」

棟形はわずかに眉を動かしたが、下を向いたままである。

「正義は行なわれなければならないと僕は考えます。真の犯人を知っていて秘匿することは罪ですから」

棟形はゆっくりと顔を上げ、浅見の目を覗き込んだ。覚悟していたようにも驚いているようにも見える、無精髭の浮いた疲れ切った顔からは感情が読み取れなかった。

浅見は知正と別れて佐川村に着くまで、ずっと考えていた。親が子を庇おうとする気持ちはわかる。しかし殺人犯をこのまま野放しにしていいわけがない。

知正の首に痣を見つけた時、それは自分がかけた技、片羽絞めの痕であることに気付いた。今にして思えば、棟形知親にしては身のこなしが素早かったことや、絞めた時に肉付きが薄いと感じたことや、思っていたよりもずっとはやく息を吹き返したのは、若い知正だったからなのだ。須佐之男命の扮装で現れた男を、棟形知親と思い込んでいたために、見過ごしていたのだった。

玉延と共謀して浅見から本を取り上げたうえで殺害しようとし、さらには棟形家の秘密を知った玉延を殺したのは知正だったのだ。

それがわかった時、すぐにでも駐在に知らせなければならないと思った。だが、どうしても足は駐在所のほうへは動かないのだ。佐川村に向かいながら、ようやく棟形に会い、真実を言うように説得しようと決心がついたのだった。

「自分の犯した罪を償うことが、知正さんのためだとは思いませんか？」

棟形は微動だにしない。なにも言うものか、というように奥歯を噛みしめている。

「仕方ありません。僕が警察に言います」

浅見が立ち上がりかけると、棟形が口を開いた。

「待ってくれ」

浅見は座り直したが、棟形はなかなか次の言葉を言おうとしない。

長い時間がたってようやく出てきたのは謝罪の言葉だった。

「知正はあなたを殺そうとした。どうか許してください。息子に代わって謝ります。この通りや」

「あなたに謝られても……。知正さんが罪を償わなければ、亡くなった人が浮かばれません」

「あなたがどういても警察に言うというなら仕方ない。けんどわしの話を聞いてからにしてくれ」

棟形の懇願するような目に、「わかりました。聞きましょう」と浅見は答えた。

「知正は刀に付いた血を洗っちょった。わしは最悪のことが起きてしもうたんやと、体中の力が抜けた」

知正は井戸端にかがみ込んで、丁寧に丁寧に刀を洗い終わると、棟形のほうへ振り向いて言った。

『いままでお世話になりました。私はこれから駐在所に行きます。もうこの家には帰って来られんやろう。けんどその前に、お父さんに言わんとならんことがあるのです』

家の者が寝静まった居間で、棟形と知正は向き合った。

『おまんは、わしと玉延の話を聞いちょったんじゃな』

玉延は、棟形が亀井と争い池永を毒殺したと思っていた。それで、二人で浅見を殺そうと持ちかけてきたのだった。玉延は協力する代わりに、これまで以上の金銭と住む家を要求してきた。

棟形はむろん断った。それに玉延が言っている意味がよくわからなかった。なぜ浅見を殺さなければならないのか、棟形家の秘密とはなんなのか。

「ちょっと待ってください。棟形さんはご存じなかったのですか？」

「知らんかった」

にわかには信じられなかった。だが棟形の顔は嘘をついているような顔ではない。

知正は、「もう私は棟形家の跡継ぎにはなれんき」と言って祖父、つまり知親の父、知《とも》由《よし》が話してくれたことを教えた。

棟形家では一代おきにこの秘密を語り継ぐことになっていた。だから知由はその祖父、知成から聞いたという。

知成はもとは石ヶ谷村の百姓で山本左近という名だった。寛政五年（１７９３年）に北山村の栋形将監から郷士株を買った。栋形将監は病ですぐに死んでしまったので、後家を金の力で言いくるめ、家そのものを乗っ取ってしまった。それ以来、山本左近は棟形知成と名乗り、平知盛の子孫であるとしたのだった。

一代おきに言い伝えることにしたのは、平知盛の子孫として繁栄してもらいたいという願いはあったものの、一方で真実を語り継がなければならないという思いがあってのことだった。

　知正が結婚に積極的でなかったのは、そんな棟形家の秘密を、自分の子孫に受け継ぐことに疑問を感じていたからだった。

　亀井が現れ、由緒書を見せて欲しいと頼まれた時、なぜか断れなかった。断れば秘密があることを悟られてしまう気がしたという。ちょっと見るだけだと言葉巧みに知正から由緒書を借りた亀井は、さらに数日貸して欲しいと言い出した。その時も、まさか秘密がバレるとは思っていなかったし、強請られるなど想像もしなかったので、亀井の言うとおりにしてしまった。

「知正は自分の気の弱さを悔いちょった。もっと毅然とした態度でおったらよかったのに、言いよったけんど、わしは同じことやったと思う。亀井さんは他の二冊の本を突合わせて、真実を暴いてしもうたろう」

　亀井は知正を平家穴の前に呼び出した。そこで金銭と本の交換をするはずだったのだ。亀井の要求した金額は高額だった。だが知正に自由になる金はない。正直にそれを言い、要求額には到底届かないわずかな金を差し出すと、亀井は怒り、摑みかかってきた。

　二人はもみ合いになって倒れ込んだが、下になっていた亀井は運悪く石に頭をぶつけ動かなくなってしまった。死んでしまったと思った知正は、亀井の懐に入っていた本を奪い、急いで家に帰ったのだった。

しかし、包んである油紙を開くと、本はどこかの宿の古い宿帳だった。福本質店の蔵にあったものではないかと思われた。あとで疑いの種になるのを怖れて、裏庭で燃やしたのを知佳に知られてしまったのだという。

「池永さんも知正さんが殺したのですか？　あなたが福本さんに高麗人参の粉末だと言って、薬を渡したと聞きましたが」

「あれは本当に高麗人参の粉末やった。池永さんを殺したのは知正です」

「どうして……どうしてなんですか」

思わず声が高くなる。

「わしが池永さんと言い争いをした時があったな。覚えちゅうか？」

池永が安徳天皇の御陵墓を冒瀆したことを、棟形は責めた。池永は腹を立て、緒智村の人は嘘つきばかりだと言い出した。福本が質店の前の店主を殺したのを、村民がみんなで庇って隠していると、池永は思っていたのだ。棟形もまた福本のことを言っていると思っていた。今頃になってそんなことを、亀井と池永が蒸し返すのか、と腹が立ったという。

だが、それを外で聞いていた人物がいた。知佳である。外まで聞こえる大声だったが、断片を聞いた知佳にはなんのことかわからなかった。それで家に帰ってから兄にそのことを話したのだった。

池永は、棟形知親が嘘つきだと言い、亀井から全部聞いたのだと言った。

それを知らされた知正は、池永が棟形家の秘密を亀井から聞いたものと思ってしまった。

そしてあの日、池永が学校を早退して寝込んでいるという話を聞く。知正は人のいない時を見計らって池永の部屋に入り、風邪によく効く生姜湯を持ってきたと言って飲ませた。その中にはトリカブトの搾り汁が入っていたという。

浅見殺しを持ちかけた玉延は、棟形に断られ、「それならば秘密をバラしてやる」と言った。なんのことかわからない棟形は勝手にしろと答えた。

別の手を考えて出直すつもりだったのだろう。玉延はその場は引き下がり、棟形の家を出たのだった。

しかし話をこっそり聞いていた知正は、玉延を追いかけた。そこで初めて玉延が勘違いをしていることを知ったという。

玉延は洞窟で瀕死の亀井から棟形家の秘密を聞いた。亀井は棟形と争い怪我を負ったのだと話したらしい。知正よりも年下の亀井は、知正のことを「棟形さん」と呼んでいたのだ。

玉延は「棟形さん」と聞いて、父親の知親のことだと思ってしまった。

だが、玉延にとってそんなことはどうでもいいことだった。秘密を知った浅見を殺し、棟形家からそれ相応の対価をもらえばいいだけのことだ。

玉延は勘違いだったことを気にするふうでもなく、知正と浅見殺しの相談をしたという。

棟形は、がばりと平伏して床に額をこすりつけた。そのままの体勢で絞り出すように言う。

「人を殺《あや》め、浅見さんまでも殺そうとした知正を許すことができんのは当然です。けんどわしに免じて、どうか見過ごしてはもらえんやろうか。知正は若い身空で棟形家の秘密を背負わされた不幸な男です。わしは親でありながら、あいつの苦労を少しも知らずに生きてきました。知正には申し訳ないことをしたと思うとります。代わってやりたいんじゃ。もちろん知正は殺めた人のことを生涯忘れずに暮らすと誓《ちこ》うた。可哀想なのは娘の知佳です。わしは老い先短い。知佳を厳しい世間の目から一生守ってやるいうても、そう長くは守ってやれんじゃろう。けんど知正ならわしよりもずっと長《なご》う知佳のために生きることができるはずや。罪を背負うて悔悟の日々を生きろ、そして知佳を守ってやってくれと言い残して、わしは自ら出頭したのです。どうかわしの願いを叶えてはもらえんやろうか。自分勝手な言い分であることは重々承知のうえの、わしの命をかけてのお願いです」

棟形は、「息子を許してください」と額をこすりつけた。

「どうか頭を上げてください。許す許さないなどと、だれに言えるでしょう。僕が言うことではありません」

知正は最初、父である棟形に罪の告白をして自首しようとした。だが、官憲の手によって罪を償うよりも、あるいはもっと厳しい道を選んだのかもしれない。

誇り高い棟形に、こうして頭を下げられるのも浅見にはこたえた。ついさっき、知正が涙に咽《むせ》びながらなにかを言おうとしていたのは、罪の告白をしたかったのかもしれない。

知正の首の痣に気付かなければ、棟形が殺人犯だと信じていられたのだ。

浅見はなにも言わず、そっと席を立った。

取調室を出ようとしたが、棟形に訊きたいことがあったのを思い出した。

振り返ると棟形はまだ頭を下げていた。

「虎吉さんの事故の件で、あなたは福本さんを脅していましたよね」

棟形は弾かれたように顔を上げた。驚きの表情で浅見を見ている。

「わしが？　脅す？　とんでもない。わしは虎吉さんが倒れるところを見ちょったけんど、あれは事故やった。福本さんは自分が殺してしもうたと取り乱すき、わしはなだめたんじゃ」

「脅してはいないと？」

棟形は口をあんぐりと開き、首を横に振った。

「脅す……なんて、とんでもない」

「それでは、あなたを怖れて言いなりになっていた福本さんを、どう思っていたのですか？」

「あの人は、ああいう人やと……ええ人やと……思っちょった」

ひとり言のようにつぶやき、呆然としている棟形に背を向け、浅見はその場を去った。

「署長さん。牛島さん。話は終わりました。ありがとうございました」

「いやいや、とんでもない」

頭を下げた浅見に、二人は両手を振って口々に言った。

「東京にお帰りになったら、どうぞ兄上様によろしゅうお伝えください」

署長はまた同じ事を繰り返した。

「はい。きっと伝えます」

そのあとも「道中気をつけて」だの、「また来てくれ」だのとくどくど並べた。

佐川分署の建物を出た時には、紫堂も「くどいな」と辟易《へきえき》したように言った。

「それに、兄上にお伝えくださいって、なにをよろしく伝えるんだ？」

「さあ」

浅見は首をかしげて歩き出した。

馬車に乗るために立場に向かう。

頭上には悲しいほどに青い空が広がっていた。

3

高知へ行く馬車には他に客はいなかった。

これ幸いと紫堂は、「さあ、全部喋ってもらおうじゃないか」と矢立と雑記帳を取り出した。

やはり緒智村であったことを小説にするつもりなのだ。そうするだろうと思ってはいたが、いよいよ本当のことは言えなくなる。

「題名はもう決めてあるんだ。『七人ミサキの呪い』だ。どうだ。題名からして恐ろしいだろう。あははは……」

紫堂は得意になって高笑いをした。だがすぐに真顔になった。

「七人ミサキなんて迷信だと思っていたが、本当に七人が死んでしまったんだからな。あの玉延が七人目だったとは……」

浅見は緒智村で死んだ人たちが、七人ミサキによるものだとは思っていないが、紫堂は信じてしまったようだ。

「それはそうと、尾形さんが喋った本当のこと、というのを教えてくれ」

紫堂には悪いが、棟形が犯人であることは変えずに、なんとかうまくつじつまを合わせるしかない。

「布田米店で僕は棟形さんを気絶させた。しばらくは気が付かないだろうと思って、玉延さんの傷の具合を見に行ったんだ。だけど棟形さんはすぐに気が付いて逃げてしまった。その時に、僕を殺す時間は十分にあったはずなのに、どうして殺さなかったのかな、というのがずっと引っかかっていたんだ」

「なるほど、それを本人に訊いたわけだ。で、なんて言ったんだ？」

「僕が柔術をやるのを、きみも知っているだろう？」

「ああ、玉延をねじ伏せていたもんな」

「あの時も、柔術の技で棟形さんを打ち負かしたんで、とても敵わないと思ったらしい」

「なるほど、浅見が柔術の達人なので恐れをなした、ということか」

紫堂はそのとおりに雑記帳に書いているらしい。

知正本人には訊けなかったが、もし訊いていたらなんと答えただろう。

浅見は知正に友情を感じていた。知正も同じように思って浅見を殺さず、あの時にはもう、自首することを決めていたのではないか。そうであって欲しいと浅見は思う。

「棟形家は結局、知盛の子孫じゃなかったんだな。違うと知っててあんなに自慢するなんて、ずうずうしいやつだな」

紫堂は筆を止めずにそんなことを言った。

棟形知親という人は、本当は気の毒にも誤解されやすい人なのだ、と紫堂に教えてやりたい。

あの人は自分たちが平知盛の子孫だと信じ切っていたのだ。知親の曽祖父は、用心深く知盛の子孫になりすましたわけだが、そこまでしたかったのは、やはり北山村にいた栜形将監は、本当に平知盛の子孫だったからではないのか。

栜形将監の血を引く子孫がこの国のどこかで生きている。浅見はそんな気がしてならなかった。

4

新橋停車場《ステイシヨン》にはお雪とおスミが迎えに来ていた。紫堂が気を利かせて神戸から電報を打ってくれたのだ。

紫堂はいち早く二人の姿を認め、窓から身を乗り出して手を振った。

おスミが裾を乱して駆けてくる。

「坊っちゃまー」

片手を上げて大きく手を振る。

「ほら、坊っちゃま。おまえも手を振れよ」

紫堂が振り返ってからかった。

浅見は少しためらったが、渋々窓から頭を出した。

おスミは「坊っちゃまー」と叫び、いよいよ大きく手を振る。白い二の腕までが見えている。おスミの後ろからお雪が、大きな体を揺するようにして一生懸命に走ってくる。白い手巾《ハンカチ》を握りしめ、時々目を押さえている。

涙でくしゃくしゃになったお雪の顔を見たとたん、胸がぎゅっと締め付けられ、熱いものがこみ上げてきた。

「おーい。ただいまー」

我知らず大声で叫んでいた。


〈了〉

参考図書

『銀座物語　煉瓦街を探訪する』野口孝一　中公新書
『文士のきもの』近藤富枝　河出書房新社
『ビゴー日本素描集』清水勲編　岩波文庫
『明治日本旅行案内』上巻　アーネスト・サトウ　平凡社
『越知町史』
『事典　陵墓参考地』外池昇　吉川弘文館
『天皇陵の誕生』外池昇　祥伝社新書
『天皇陵』外池昇　講談社学術文庫
『新編　日本古典文学全集46』平家物語　小学館
「社会技術研究論文集 Vol.9,70-85」地域交通システムの成立と発展：高知県を事例に
「日大医誌　78 (2): 65-70」死亡診断書（死体検案書）について
『吾妻鏡（一）』龍粛 訳註　岩波文庫
『民俗小事典　死と葬送』新谷尚紀、関沢まゆみ編　吉川弘文館
『呪い方、教えます。』宮島鏡　作品社
『「七観音」経典集』伊藤丈　大法輪閣

『真言陀羅尼』坂内龍雄　平河出版社

方言監修　藤原喜郎

編集協力　内田康夫財団

この作品はフィクションであり、実在の人物・団体・事件とはいっさい関係ありません。

光文社文庫

文庫書下ろし

平《へい》家《け》谷《だに》殺《さつ》人《じん》事《じ》件《けん》　浅《あさ》見《み》光《みつ》彦《ひこ》シリーズ番《ばん》外《がい》

著　者　和《わ》久《く》井《い》清《きよ》水《み》

2023年6月20日　初版1刷発行

発行者　三宅貴久
印　刷　新藤慶昌堂
製　本　ナショナル製本

発行所　株式会社　光文社
〒112-8011　東京都文京区音羽1-16-6
電話　(03)5395-8147　編集部
8116　書籍販売部
8125　業務部

ISBN978-4-334-79544-3　Printed in Japan

組版　萩原印刷

光文社文庫最新刊

竈稲荷《へっつい》の猫	佐伯泰英
魔界京都放浪記	西村京太郎
白い兎が逃げる　新装版	有栖川有栖
侵略者《アグレッサー》	福田和代
平家谷殺人事件　浅見光彦シリーズ番外	和久井清水
はい、総務部クリニック課です。　この凸凹な日常で	藤山素心《もとみ》
木枯らしの　決定版　吉原裏同心(29)	佐伯泰英